京都伏見のあやかし甘味帖

糸を辿る迷子のお猫様

柏てん

宝島社
文庫

宝島社

CONTENTS

もくじ

京都伏見の

京都伏見のあやかし甘味帖

糸を辿る迷子のお猫様

プロローグ

アタシは仄暗い闇の中で生まれた。
「熊野様、お猫様、どうかお願いします」
粗末な身なりの若い娘が、両手を合わせて一身に祈っていた。
闇の中は騒がしい。
——ざわざわざわざわ。
まるで雨音のような、けれど乾いた不思議な音が、絶え間なく響いているのだ。
青臭さと石灰が入り混じったような、なんとも言えないにおいがする。
そんな中で、娘は一心に祈っている。
つまらない、石ころにすぎないアタシを。
「どうかお願いします。この子たちが、無事に繭を作れますように」
まるで子を守る母のように、必死の声である。
しかし声の主は、まだ年端も行かぬ小娘のように思われる。
よし、ならば助けてやろう。それがアタシに与えられたお役目。

――ざわざわざわ。

音は鳴り響いている。

この娘があんなことをするなんて、その時のアタシは思いもしなかったのだ。

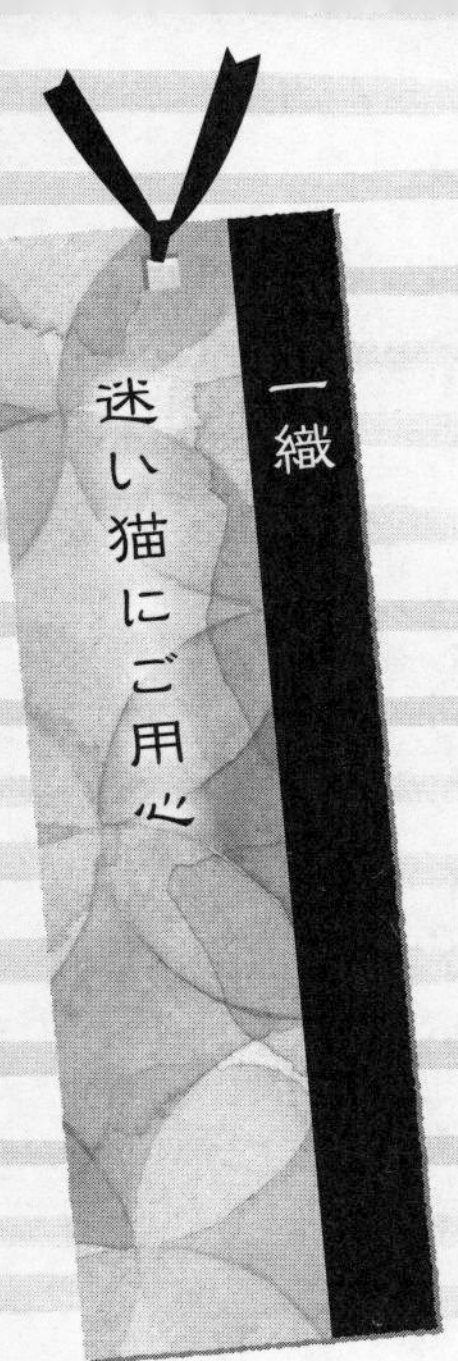

一織　迷い猫にご用心

その日れんげは困惑していた。

十一月に入り、天気予報では紅葉前線について報じられるようになった頃のことだ。いつものように粟田口不動産に出勤したら、社長である村田加奈子に営業車へ押し込まれ、そうそうに連れ出されてしまったのである。

「あの、どこ行くの？　仕事は？」

「まあまあ、これも仕事の一環ですから」

何度聞いても、村田の返事は要領を得ない。

そう言うばかりで、一向に行先すら言おうとしないのである。

仕方ないので、れんげは潔く諦めることにした。暴走癖のある村田と付き合うには、諦めが肝心である。

普段は電車を使って移動することが多いので、こうして洛中の街並みを見るのは新鮮だった。

「実は、れんげさんに出してもらった企画書を見て、私も考えたんです」

企画書というのは、現在改築中の町家を民泊にするにあたって、同業他社と差別化するべくれんげが提出した案である。

虎太郎とゑびす神社に行った時に思いついたそれは、宿泊に際して京都の伝統文化が学べる独自のオプショナルツアーを開催するといった案だったはずだ。

それがどうしてこの行動に結びつくのか。

「やっぱり京都の伝統文化ゆうたら茶の湯！　町家を使ってお点前をしてもええですけど、それ以外にも京都の美術工芸品はお茶道と共に発展してきた文化なんです。焼き物の茶碗はもちろん、漆器の棗。竹細工の茶杓や柄杓。袱紗やお着物の織物。和菓子だってそうです。それらを体験したりできたらええツアーになると思いませんか」

村田の突然の演説に面食らってはいたが、たしかに茶道や禅の精神というのは海外でも人気がある。それらに付随する伝統産業を紹介するというのも、面白いだろう。なにより、自分が出した企画書に村田が乗り気になってくれたのが、れんげには嬉しかった。

「それで、今日は私の知り合いの織屋さんに会ってもらお思って」

「織屋？」

耳馴染みのない言葉に、れんげは思わず問い返した。

「ああ、織屋ゆうんは西陣織の織りを担ってる職人さんです。西陣織は一つの作品を作るのに、たくさんの職人さんで分業します。糸を作る撚糸屋さんに、その糸を染める糸染屋さん。図案を考える図案屋さん。図案屋さんが考えた図案から、今度は紋屋さんがどこにどの色の糸を入れたらいいかという設計図を作ります。そこから織屋さんがおるんですけど、他にも織機を作ったり直したりする綜絖屋さんやら筬屋さんがいて——」

「待って待って、そんなに一度に話されても分からないから」

好きなものについて語る時、村田は例外なく早口になる。

ようは彼女の好きなものの中に西陣織も入っているということだろう。なんとも手広いことだと、れんげは感心半分呆れ半分になった。

「ええと、とにかく今からつづれ織り専門の織屋さんの機屋に行きますね」

機屋というのは、織物を織る工房を意味する。

「つづれ織り？　西陣織じゃなくて？」

思わず問い返すと、村田はウインカーを出して滑らかに車線を変更しながら説明してくれた。

「西陣織には国に指定されてる十二種類の織り方があるんです。つづれ織りはその一つで——まあ実物を見ながら説明した方が分かりやすいですね」

そんな話をしている間に二人を乗せた車は粟田口不動産のある伏見区から北上し、下京区、中京区、上京区を経て北区にまでやってきていた。

『一体どこまで行くのでしょうか……？』

いつもは楽天的な神使のクロも、村田が相手ということで珍しく不安がっている。

やっと車が停まったのは、なんの変哲もないコインパーキングだった。車から降りて軽く伸びをすると、村田は事も無げに言った。

「さて、依頼人がお待ちかねですよ」

西陣織の機屋を見学に行くはずなのに、どうして依頼人という言葉が出てくるのだろうか。村田の言葉に、れんげは引っかかりを覚えた。

二人の目的地であるつづれ織りの機屋は、ごく普通の住宅地の中にあった。小学校の校庭脇に、住宅地に溶け込むように建っていた。

入り口には看板が出ていて、そこには『衣笠（きぬがさ）つづれ』と書かれている。

もっと大きな工場のような場所を想像していたれんげは、意外に思った。だが村田はそんなれんげを置き去りにして、さっさと引き戸を引いて建物の中に入って行ってしまう。

「きゃっ」

その時、突然目の前に黒猫が飛び出してきた。猫はそのままれんげの前を通り過ぎ、すぐさま姿を消してしまう。

海外だと、黒猫が目の前を横切るのは不吉だと言われている。

れんげはなんだか嫌な予感がした。

だがそんなれんげなどお構いなしで、村田はといえばまるで勝手知ったる我が家と言った態度だ。

まさか村田の実家なのだろうかと思っていると、

「ごめんやす。石田さんいはりますか?　村田です」

どうやら村田の実家という訳でもなさそうだ。態度からして、懇意にはしているようだが。

相手は村田なので、彼女の態度から関係性を類推するのは危険だと考えを改めた。なにせ出会って間もないれんげに、いきなり自社で働くよう持ちかけてきた相手である。いかにも京美人といった風貌に騙されてはいけないと、れんげは改めて自分に言い聞かせた。

少しすると、入り口の奥から人の好さそうな壮年の男性が現れる。

「これはこれは、村田のお嬢さんおいでやす。今日はお連れ様のお見立てですか?」

店主と思われる男性はれんげをちらりと窺いながら言う。

村田はこの店の常連のようだ。今のお嬢さんという呼び方からして、家族ぐるみで昵懇の仲であることが窺われる。

「今日はお買い物やのうて、詠美さんに用があって寄らしてもらいました。詠美さんはいらっしゃいますか?」

「はいはい。どうぞお上がりになってお待ちください。今呼んできますさかい」

どうぞという言葉に甘え、村田は靴を脱ぎ店主の後に続く。れんげは慌ててその後を追った。

玄関の奥には、ガラス戸を隔てて畳敷きで十二畳ほどの広々とした空間が広がっていた。京畳は通常よりも大きいので、なおさら広く感じられる。

村田とれんげは、促されるままに畳の真ん中に置かれた座卓の前に腰を下ろした。虎太郎の部屋にあるこたつと兼用のちゃぶ台とは違い、巨木を輪切りにしたであろう一枚板のどっしりとした座卓である。

店主が姿を消したので、れんげはいよいよ村田に説明を求めることにした。場所が場所なので、一応声を潜める。

「一体なんなの？　そろそろ用件を教えてよ」

「そんなに焦らないでください。詠美さんが来たら事情を説明しますから」

そもそも、その詠美さんが何者なのかすら分からない。

さらに追求しようとすると、奥方らしい女性がやってきてお茶を出してくれた。村田は奥方との話に夢中になってしまったので、これでは問い詰めることもできない。

落ち着かない気持ちでいると、やがて店主が一人の女性を連れて戻ってきた。

「詠美さん、お久しぶりです」

さっさと挨拶をする村田を横目に、れんげも会釈しつつ相手を観察した。

詠美は三十代半ばと思われる女性だった。目の下に隈があり、ひどくやつれている様子である。

　初対面だが、れんげは彼女のことが心配になった。明らかに通常の様子ではない。

「それじゃあうちは事務所の方におりますんで、何かあったら声をかけてください。詠美もしっかりな」

　そう言って店主は、奥方ともども部屋から出て行ってしまった。

　その態度から、なんとなく店主とこの女性は親子なのかもしれないと思った。そう考えてみると、顔つきがどことなく似ている気がする。

　座卓の向かい側で、詠美と呼ばれた女性は笑みを浮かべながらもその顔を引きつらせていた。初対面であるれんげから見ても、無理をしているのは一目瞭然だ。

　既知である村田には猶更そう見えるのか、他人を忖度しないあの村田が今は気づかわしげな表情を浮かべている。

「詠美さん。えらい痩せはって。ちゃんとご飯食べてはるの？」

　返事には少し間があった。何か一つのことに心囚われていて、他のこと全てがなおざりになっているような空気が彼女からは感じ取れた。

「ありがとう加奈子さん。あの、そちらが話してらっしゃったあの……？」

　こちらを伺うように、詠美がこちらを見る。

　どうやら先んじてれんげの話を聞いていたようである。

一体どんな話をしていたのやらと、嫌な予感が湧いてくる。そして大抵の場合、この手の予感は当たるのだ。

「そやねん。こちらがうちに新しく入りはった小薄れんげさん」

「はじめまして。小薄れんげといいます」

初対面の、それも年上だと思われる相手だ。さすがに村田相手の時のように、敬語もなしというわけにはいかない。

ちなみに村田にだって本当は敬語でしゃべるべきだと思うのだが、本人がれんげの敬語を嫌がるのでこちらはどうしようもない。

「はじめまして。石田詠美といいます」

「詠美さんは、この衣笠つづれの跡取り娘なんですよ。ご自身も優秀な職人さんで、お仕事をお願いしようにも順番待ちになるくらい」

「いややわ。加奈子さんたら」

そこでやっと、詠美が引きつらせた顔を綻ばせた。

名前で呼び合っているところを見ても、二人はかなり古い付き合いなのだろうということが察せられる。

「そや、れんげさんもつづれ織り織ってるとこ見せてもらいましょ。動力もジャカードも使わない完全手作業なんですよ」

セーターも機械が編む時代になって久しいが、西陣では人力に頼った足踏織機（あしぶみしょっき）が現役で活躍している。織姫が機織りしている場面に出てくるようなそれだ。

また、ジャカードというのは柄によって異なるパンチカードを用い、経糸（たていと）を制御する仕組みである。これを足踏織機に載せることで、織っている人間は緯糸（よこいと）にのみ集中して作業を進めることができる。

だがつづれ織りは、そのジャカードすらも使わないという。

村田の言葉に、れんげは慌てた。

あまり体調も良くなさそうなのに、そんなお願いするなんてと非難めいた気持ちが湧いてくる。

「でも、突然押しかけてご迷惑じゃ」

「大丈夫ですよ。ちょうど手が止まってましたから」

その言い回しに、なんとなくれんげは引っかかりを覚えた。だがその原因を追究する前に、詠美は立ち上がった。

村田は意気揚々とその後について行く。クロは見るもの全てが珍しいようで、興奮したようにあちこちのにおいをかいでいた。

玄関へ向かうので外に出るのかと思ったら、壁だと思っていた横の部分が突然開いて階段が現れた。火事を警戒してか重い防火扉だ。

二階に上がると、大きさの異なる木製の足踏織機が所狭しと並べられていた。どうして大きさが違うのだろうと不思議に思っていると、

「大きさが違うんは、職人さんの体に合わせてるからなんですよ」

まるでれんげの心を読んだかのように、詠美が言う。

だが部屋の中に他の職人の姿はなく、一台だけ作業途中になっている織機があった。どうやらそれが詠美の作業途中のもののようだ。

織機の前につくと、詠美はまずやすりを取り己の爪を砥(と)ぎ始めた。

「えっ」

あまりに予想外の行動だったので、思わず声が出てしまう。

「つづれ織りはこうやってギザギザにした爪で引っかけて織るんですよ」

村田がなぜか我がことのように胸を張って言った。

その様子を、詠美はくすくすと笑いながら見ている。

実際、その爪を見せてもらうと確かに、のこぎり状にギザギザになっていた。

差し出された指の匂いを嗅ぎにいっていたクロがびくついていた。

詠美の手元には様々な色の糸を巻き付けた杼(ひ)が行儀よく並んでいる。染めた糸を織ることで絵柄を作り出す、西陣織特有の光景と言えるかもしれない。

ふと織機の傍らに、布の上に置かれた黒い石があるのに気が付いた。艶(つや)のある石で、

一部白い部分が混じっている。

その石から立ち上る黒い靄が見えたような気がして、れんげは思わず瞬きをした。

だが改めて見てみると、なんの変哲もない石だった。

「これも織るのに使うんですか？」

おそるおそる問うと、詠美は複雑そうに笑った。

「それはお守りです」

どうやら織物には全く関係ないようだ。

詠美は先ほど砥いだ爪に引っかけた経糸の下に、杼を通して緯糸をくぐらせる。

一本一本、気が遠くなるような作業だ。

実際に、完成品の帯も見せてもらった。溶けだすようにグラデーションになった絵柄は、布の上から描いたと見まごうばかりだ。

だが、手本のように手を進めていた詠美はすぐに手を止めてしまった。

「ごめんなさい。やっぱりあかんみたいやわ」

「すいません。無理させちゃって……」

れんげはすぐさま謝った。

やはり体調がよくないのだろう、詠美はくせなのか眉間を揉んでいる。

それが済むと、詠美はやけに悲しそうな顔で言った。

「ちゃうんです。もうずっとこうなんです。あんこがいなくなってからずっと」

「あんこ？」

あんことは、どら焼きに挟まれているあのあんこだろうか。大福に包まれているあの黒い物体のことだろうか。

一瞬、れんげの脳裏に和菓子大好きな同居人の顔が過った。

だが食べ物のあんこなら勝手にいなくなるようなものではないし、なくなったとしても買い足せばいいだけだ。今の詠美のように憔悴してしまうとは思えない。

一体なんのことかと、れんげとクロは顔を見合わせた。

⛩ ⛩ ⛩

「これがうちのあんこです」

差し出されたスマホの画面には、艶やかな毛並みの黒猫が映し出されていた。いや、鼻の下の髭が生えている部分だけ白くなっているので、厳密には黒猫とは呼べないのかもしれないが。

「あんこがいなくなって一か月になります。心当たりは全部探して、業者の方にも依頼したのですが見つからなくて、もうあきらめた方がいいと言われて――」

そう口にすると耐え切れなくなってしまったのか、詠美はハンカチを口元に当てて言葉を詰まらせた。

商品に涙が落ちては大変だと、三人は再び畳敷きの広間に戻り、座卓を囲んでいる。事情を知っていたのか、村田は特に驚くこともなく気遣うように詠美の背をさすっていた。

「仕事せなあかんのやけど、気が付くと涙が出てしまって、集中できひんから作業は進まんし、無理に織ってもどうしても納得のいくものができなくて……」

時折嗚咽（おえつ）を漏らしながら、詠美は言う。

やはり完全に手で織るものなので、心身の不調が如実に作品に出てしまうのだろう。

そういった辺りは、職人というよりも芸術家に近いのかもしれない。

「こんなんプロ失格やわ。指名でお仕事頂くなんてありがたいことやのに、どうしてもうまくいかへん」

先ほどまでれんげには標準語で喋っていた詠美だが、いよいよ取り乱しているようでとどまることなく方言が出てくる。

憔悴しきった様子の詠美に、れんげは言葉が出なかった。

多分以前のれんげなら――京都に来る前のれんげなら、そんなことで仕事に支障をきたすなど有り得ないと切って捨てたことだろう。

だが今は、間違ってもそんなことは言えなかった。

詠美にとってのあんこは、れんげにとってのクロである。

クロがいなくなってあちこちの厄介ごとに足を突っ込んだ身としては、共感を覚えこそすれ非難する気には全くならないのだった。

そんなことを考えていると、村田が詠美の肩を支えながら言った。

「れんげさん。どうにかできないでしょうか？」

これにはれんげも、呆れるというより驚きで声が出なかった。

れんげに迷子動物を見つけるような特殊技能はない。できるのはちょっと不思議なものを見たり聞いたりするくらいである。

ましてて、あんこ捜索は既にプロの業者すら匙を投げているのだ。今さられんげが協力したところで、何か成果があるとは思えない。

「それだけやなくて、最近詠美さんよう怪我するし、なんや呪われてるんやないかって心配なんです」

自分のことを便利屋か何かと勘違いしているのかと言い返したかったが、詠美の前でさすがにそんな言葉を言うわけにはいかず、れんげは黙り込んだ。

なにせ詠美の瞳には、村田の言葉のせいでうっすらと希望の光が宿っていたからだ。

なんて残酷なことをするのかと、れんげは思った。おそらく詠美は、この一か月の間に何度も希望を抱いては絶望するを繰り返してきたはずだ。

そして行方不明の期間が延びるほどに、どんどんその希望は小さくか細くなっていったはずである。

そうして疲れ果てたのが現在の詠美であり、そんな彼女にいたずらに希望を抱かせるのは罪だとすら思った。

「でも、私に協力できることなんて……」

れんげはいかに穏便に、自分の力は万能ではないと説明するか頭を悩ませていた。

もちろん、自分に猫を探し出す特殊能力でもあればいくらでも協力するが、残念ながらそんなことは不可能なのである。

「れんげさん。協力できることならあります！　むしろこれはれんげさんにしかできないことなんです」

村田は強い口調で言い切った。

困惑を抱いていたれんげは、むしろその勢いに気圧されてしまった。

「何言って――」

「猫又なんですよ。あんこちゃん」

れんげの言葉を遮って、声を潜めた村田が言った。

一体なにを言い出すのかと、れんげが怪訝な顔になってしまったのは無理からぬことだった。

⛩⛩⛩

「そんなことが……」

話を聞いていた虎太郎は、口に運ぼうとしていたご飯を驚きのあまり箸から落としていた。

ちゃぶ台の上に落ちたご飯は、隙ありとばかりにクロがさらっていく。

「ちょっと、行儀悪い」

そんなクロを、れんげは窘めた。クロは厳密には生き物ではないので人間の食べ物を食べて毒というわけではないが、だからこそ躾はきちんとしなければいけない。

クロはといえば、もぐもぐとおいしそうに口を動かしている。

虎太郎は台ふきでテーブルの上を拭いながら、話を進めた。

「それで、本当なんですか？　猫又って話」

「分からない。ただ詠美さんが言うには、とても長命な猫だったらしいの」

自らも困惑しつつ、れんげが答える。

「長命というと、どのくらい？」

「詠美さんのお母さんが妊娠している時に飼い始めたそうよ。ちなみに詠美さんは、今年で三十二歳」

必然的に、あんこは三十二歳以上ということになる。

れんげが調べたところ、猫の平均寿命は十五年ほどだそうだ。それが倍以上の三十二歳となると、さすがに異常だ。

しかもあんこの場合は、飼いだした時点で既に成猫だったという。つまり厳密には何歳か分からないということだ。

確かに長命という部分だけ切り取れば、妖怪じみていると言えるかもしれない。

だがそれだけで妖怪なのではと疑うのは、いくらなんでも暴論だ。

いなくなる前のあんこは、普通の猫と比較して特に変わったところはなかったらしい。もちろん尻尾も二本などということはなく、一本きり。

「それは確かに、長生きですね」

「それもあって、依頼した業者さんには諦めるように言われたみたいね」

その業者を責めることはできないだろう。猫が三十二歳だなんて言われたら、はっきり言って常識を疑うレベルである。

だが確かに、詠美の携帯には赤ん坊だった頃の彼女と一緒に映るあんこの画像があった。

フィルムで撮影したものを接写した画像だそうだ。

疑おうと思えばいくらでも疑えるが、彼女がわざわざそんな嘘をつく理由がない。

そしていなくなったあんこの話を聞いた村田は、ただの動物ではなく猫又なのではと思い、れんげの出番だと考えたらしい。

彼女はどうも、祖母の代から石田家を護ってきたあんこが詠美の元から去ったことで、他の悪霊が彼女に悪さをし始めたのではと考えているらしいのだ。

そもそも妖怪が人を護るのかというのが甚だ疑問だ。

れんげは猫又という妖怪を詳しく知らないが、妖怪のイメージは護るというよりも害をなすというものが圧倒的に多い。

あまりにも無茶苦茶な論理だが、基本村田はいつでも無茶苦茶なのだ。

いつも通りの帰結に、れんげはごはんを咀嚼しながら眉間に皺を寄せた。

村田の強引さと詠美の必死さに圧され、結局断ることができないまま帰宅することになってしまったのである。

とはいえ探すといっても何をどうしていいのかも分からないし、やはり明日出勤した時に断ろうとれんげは考えていた。

ところが。

『おや、なにやら猫のにおいがするの』

狭い室内に、れんげのものでも虎太郎のものでもない者の声が響いた。もちろん、クロでもない。

「げ」

れんげは思わず、そう声に出していた。

六畳の室内に、いつの間にか十二単姿の女が現れていたのである。

そしてれんげは、その顔に見覚えがあった。

『白菊様！』

クロが興奮したように尻尾を振りながらその名を呼ぶ。

彼女の名は白菊命婦。伏見稲荷大社に祀られる小薄の妻であり、神の一柱にも数えられる四尾の天狐である。

今の彼女は、命婦という名のままに女房のような十二単姿で畳の上に立っていた。手にはしっかり檜扇まで握られている。

だが足があるはずの裳裾は透けており、奥にある襖の柄がうっすらと見えていた。

「一体何の御用でしょうか？」

れんげの声音がとげとげしくなってしまったのも無理はない。一度はクロを攫われ、その後は鬼女を探すよう命じられるなど、白菊命婦に対してはとことんいい思い出のないれんげである。

『相変わらずかわいげがないのぅ』

れんげの不遜さなどどこ吹く風で、白菊は涼しい顔をしていた。

「え、ええと、本日はどのようなご用件で？」

おそるおそる、虎太郎が問いかける。白菊と虎太郎は初対面のはずだが、不可思議な存在が自宅にやってくることにすっかり慣れつつある虎太郎なのだった。

『おや、お前は……』

その時、白菊が眉をひそめて意味ありげに虎太郎を見た。

虎太郎にまで難癖をつけるつもりかとれんげは警戒したが、白菊はすぐに興味を失ったように視線をこちらに移した。

『れんげとやら。ぬしに行ってもらいたい場所がある』

形のいい唇から零れ落ちたのは、明らかな命令だった。

「また鬼女でも探せと？」

思わず皮肉で返すと、白菊はれんげの態度など意に介さず涼やかに話を続けた。

『なに、その場所に妾を連れて行ってほしいのじゃ。常ならばお山を離れられぬ身なれど、今はぬしという都合のいい輿があるでの』

「都合のいい輿？」

『そうとも。我らは神輿なしには己の神域から移動せぬ。この地には神が多すぎるからの。好き勝手に歩き回っては諍いを招くというもの』

神が多すぎるというのは、京都にたくさんの神社仏閣が集まっているという意味なのだろうか。

確かにそういう意味で言えば、京都は日本でもっとも神様の密度が高い場所と言えるかもしれない。

だが、今までの神々あやかしとの交流の中で、そんなことは初めて聞いた。

「待って。でも黒烏はあちこち現れたわ。虎太郎の病院にも来たし、うちにだって」

白菊の息子たる黒烏は、何が楽しいのかれんげと虎太郎の前に現れてはその場の空気をひっかき回していく。

だが、れんげの問いに対して白菊は、我が意を得たりとばかりに艶やかな笑みを見せた。そして彼女の持つ檜扇の先が、れんげを指す。

『そうとも。お前という輿がいればこそ、我らはこの都を好きに行き来できるということが分かったのじゃ』

「それって、黒烏は私に取り憑いてたってこと？」

白菊は満足げに頷く。

『まあ、そうとも言えるな。じゃが、幽霊ごときと一緒にされては困るぞ。神を呼ぶ依代たりえるは優秀な巫覡のみ。そうでなければ、鬼女に取り憑かれたあの男のように我を失うぞ』

あの男というのは、れんげの元カレである理のことだろう。れんげを迎えに東京からやってきた彼は、鬼女に取り憑かれ化け物のように変貌してしまったのだ。無事元に戻ることができたものの、その後しばらくは病院生活だったと聞いている。

『光栄に思うがいい。ぬしに妾の輿をさせてやろうというのじゃ』

白菊はいかにも尊大に告げた。つまり白菊は、れんげのことを乗り物だとみなしているらしいのだ。

「そ、それはれんげさんの体に害はないんですか？」

黙って話を聞いていた虎太郎が、慌てて割って入ってくる。

確かに、幽霊にしろ神様にしろ、何かが取り憑くというのは穏やかならぬ話だ。荼枳尼天に魅入られた男に刃物で刺された虎太郎にしてみれば、そう危惧するのも無理からぬことだろう。

『ふむ。そこがこのおなごの面白いところよ。どのような神と交わろうが、涼しい顔をしておる。いや、我が夫と会ったことにより、初めて会った時よりもその護りは強まっているようじゃ。まったくかわいげのない』

白菊の夫というのは、れんげの祖先でもある小薄だ。

彼は伏見稲荷大社の主祭神である宇迦之御魂神と同化しているので、非常に強力な神と言える。

それにしてもと、れんげはなんとなく己の手のひらを見下ろした。

そんな形で普通とは違うと言われても、全く自覚がない。それどころか、いかにも面倒事に巻き込まれそうな能力だとすら思う。今現在見舞われているのがなによりの証拠ではないか。

「それで、私に取り憑いて行きたい場所があると」

れんげは話を元に戻すことにした。でなければいつまでも話が終わらないし、目の前の夕食は冷めるばかりだからだ。

『ふむ。喜んでお連れしますぐらいは言えぬのか。生意気なおなごよな』

白菊は気分を害したようだが、れんげにしてみれば白菊は媚を売りたい相手ではないのである。

「いちいちそんなこと言ってたら、体がいくつあっても足りないわよ。ただでさえ、京都に来てからは変なことに巻き込まれてばかりなのに」

次々厄介事を持ってくる村田ですら持て余しているのに、神様からも仕事を頼まれては手に余るというものだ。

ため息交じりに言うれんげに、白菊は不敵な笑みを浮かべた。

『そんな憎まれ口をたたいてもいいのかえ？　ぬしらが探している猫又とやらについて、妾が知っているとしても？』

思いもよらぬ言葉に、れんげと虎太郎は言葉を失くした。

虎太郎の甘味日記　～有平糖編～

仏教系で有名な大谷大学に所用があり、この日の虎太郎は北大路通にいた。丹波橋に住む虎太郎にとって、この辺りまでやってくることは滅多にない。

というわけで、せっかく北大路までいくのだからと、とっておきの和菓子を注文しておいた。

虎太郎の心は弾んでいた。

大谷大学を出て、北大路通を西に進む。

京都の道にしては珍しく不規則な横線を描くこの道は、大正から昭和にかけて造成された道である。それ以前は、この場所に道など影も形もなかった。

細い新町通を左折し、歩いて六分ほどで目的の場所に到着した。

紫の暖簾がかかった『紫野源水』である。

ここはある菓子が有名で、虎太郎は常々それを食べてみたいと思っていた。つまり今日は、念願叶ってこの地に立ったというわけなのだ。

なにしろこの菓子は、春と秋の2シーズンしか注文できない。さらに言うなら同じ菓子であっても春のものと秋のものは別物である。

虎太郎はあらかじめ予約してあった菓子を受け取ると、にやけた顔を隠しもせず家路を急いだ。

⛩⛩⛩

どうしてもれんげに見せたかったので、食べるのは夕食の後にすることにした。だが、早く現物を見たいという衝動は抑えがたい。

虎太郎はいそいそと持ち帰った紙袋をちゃぶ台の上に置いた。源水という名だけあって、紙袋にも包みにも流水紋が描かれている。

包みはとても小さく、軽い。丁寧に包装紙を剥ぐと、紅葉柄に銀を合わせた美しい箱が現れた。

ごくりと息を呑んで、そっと箱を開ける。

中に入っていたのは、まるでガラス細工のように繊細な有平糖だった。

そもそも有平糖というのは、ポルトガルから伝わった南蛮菓子である。

その語源は長らく砂糖菓子のAlféloa（アルフェロア）だと言われてきたが、近年ではテルセイツ島に今も残るAlfenim（アルフェニン）がその原型ではないかと言われている。

アルフェニンの原料は砂糖と水で、引き伸ばす間に気泡が入るためその色は白い。

だが、目の前の有平糖は美しく透き通っていた。赤く色づいた葉を象（かたど）ったものだ。手作業で作られているため、一つ一つグラデーションや葉脈の具合が微妙に異なっている。まるで本物の葉のようだ。

「綺麗や……」

思わずそんな言葉が口をつく。

虎太郎は見とれてしまった。

宝石のようなというにはあまりに繊細な、飴で作られた葉。

その名は『照（て）り葉（は）』。

ちなみに春になると、その形は桜の花と緑の若葉となる。そちらは写真でしか見たことがない虎太郎だが、どちらも思わず見とれる美しさなのは一緒だろう。

できるならば、食べずにずっと大切にとっておきたい。

しかし和菓子なので、食べずにいればいずれ劣化してしまう。それは虎太郎の本望ではない。

一つ一つ包装されているので、とりあえず一つだけ、と思い手を伸ばす。

袋から出すと、まるでガラス細工のように手のひらの上で光を反射する。

虎太郎はまるで誕生日プレゼントをもらった子供のように、飽きることなくそれを眺めていた。

だが、いつまでもそうしているわけにもいかない。日が暮れてきたので、そろそろ夕食の準備を始めねば。

虎太郎は手の上にのせていた葉をゆっくりと口の中に入れた。口の中につるりとした甘みが広がる。

その甘い塊は、すぐに、口の中から溶けて消えてしまった。

もう一つと思うが、そんなことをしてはすぐになくなってしまう。

我慢して虎太郎は食事の準備に入った。

れんげとクロにこの菓子を見せるのが、今から楽しみで仕方ない。知らず知らずに鼻歌が漏れた。和菓子の良さを誰かと分かち合うのは、虎太郎にとって無上の喜びである。

そう、この時の彼は、夕食の場にとんでもない闖入者（ちんにゅうしゃ）がやってくるなど、想像すらしていなかったのだ。

二織

猫と蚕(かいこ)と阿古町(あこまち)と

白菊が家にやってきた翌日、れんげは早速その願いを叶えるため太秦に来ていた。映画村で有名なあの太秦である。

村田からは不動産業務よりも猫探しを優先するように言われている。自分が就職したのが本当に不動産屋なのか、疑わしく思える今日この頃である。

どうも当初の印象通り、村田と詠美は昵懇の仲であるようだ。そして同時に、村田は詠美の作品の熱烈なファンなのだという。

公私混同甚だしいが、オーナー社長がやれというのだから仕方ない。

白菊の言うとおりにすることが猫探しにつながるかはまだ謎だが、他に何も手がかりがない現状、言うことを聞くほかない。

そしてその白菊が連れていってほしいと希望した場所というのが、この太秦なのである。

東西線を終点である太秦天神川駅で降りると、目の前に広がったのは低層マンションの立ち並ぶ如何にも普通の街並みであった。

だがそこに、道路の真ん中をワンマンの路面電車が横切っていく。京都の中でも路面電車が走っているのはこの辺りだけなので、れんげは驚かされた。

『なんとまあ、随分と様変わりしたことよのう』

白菊はといえば、街並み全てに驚いているようだ。

彼女は普段の十二単姿と違い、以前出会った常盤御前と同じように壺装束を纏っている。平安時代の服装を好むのは、かつて平安時代の女官から『命婦』という名を譲り受けたためかもしれない。

他の土地であれば奇異に見えるその姿も、京都であれば街に溶け込んで見えるのが不思議だった。太秦ということで、まるで時代劇撮影中なのではないかと錯覚してしまうほどだ。

路面電車の路線にしばらく沿って歩くと、右側に鳥居が現れた。扁額には『蚕養神社』と彫られている。見慣れない文字だ。

『こっちじゃ』

白菊に言われるがまま、れんげは壺装束の女の後をついて行く。

しばらくして、白菊は何気ない口調でれんげに問うた。

『なぜこの地を〝うずまさ〟と言うか、ぬしは知っておるか？』

この質問に、れんげは考え込んだ。

そもそも太秦は、地名以外では使うことのない言葉だ。

ならば漢字を手掛かりにしようかとも思ったが、常ならば決して〝うずまさ〟などという読みにはならない文字である。

れんげはすぐに白旗を上げた。そもそも、京都の地名は余所者が初見で読むには難しすぎるのだ。

「分からない、です」

予想通りの返事だったのか、白菊は頭が痛いとばかりにこめかみに手を添え、れんげを馬鹿にするように大きなため息をついた。

『小薄の末裔ともあろう者がなんたる為体か。ふん。この地は我らを祀る秦一族の土地。ぬしも無関係ではなかろうに』

白菊は熱弁をふるうが、れんげには身に覚えのないことである。

鳥居をくぐり足を進めつつ、白菊の話に耳を傾ける。

鳥居といってもその先はただの住宅地で、目的地にたどり着くまでにはもうしばらくの時間が必要だろうと思われた。

『よいか。秦氏とは大陸より海を越え、この地に都が置かれるよりも前に住み着いた一族のことを言う』

海を越えてやってきたということは、渡来人なのだろう。

都とは平安京のことだろうから、その前となると奈良時代になる。そんなにも早い時期から渡来人が日本に住み着いていたことに、驚きを隠せない。

だが一方で、納得できる部分もあった。

祇園祭を走り回った時にも思ったことだが、いかにも日本らしく感じられる京都であっても、いやだからこそ大陸の気配と言うべきか、二千年以上前から続く文化の流入を感じることができた。

陰陽師は大陸からもたらされた星を読む技術を使い、吉凶を占った。七福神もそうだ。その来歴を辿ると、多くが異国の神に行きつく。

しかしそれらはすでに異国のものとしてでなく、長い年月を経て土着の文化と混じり合い、人々の生活にまで根付いているように感じられる。

そういえばと、れんげは思い出した。

確か伏見稲荷大社の来歴に出てくる餅を射て白鳥にした貴族というのも、秦という名前だったはずだ。

だからこそ、白菊はれんげに無関係ではないと言ったのだろう。

『嵯峨野（さがの）、松尾（まつのお）、深草（ふかくさ）。秦氏はこの山城のあちこちに暮しておった。稲荷もまた、彼らの神であった。我らを祀ったのは深草の秦氏じゃ。妾は彼らの信仰の中に生まれた』

白菊は遠い目をして言った。

無理もない。平安京ができる前の出来事など、れんげには想像すらつかない大昔だ。そんな古い信仰が今もこの地で生き続けていることに、驚きすら覚える。稲荷神社はその後日本中に広がり、今も各地で信仰の対象となっているのだから。

『そして秦氏は、たくさんの優れた技術をこの国に持ち込んだ。大地から鉄を造り出様から、蚕の繭から美しい衣を織って見せた。献上された絹がうずたかく積み上げられたし、秦氏は帝より〝禹豆麻佐〟の姓を授けられたのじゃ。それがこの地の呼び名となった』

当初の問題に答えを出す形で、白菊は話を締めくくった。

怒らせると恐ろしい相手だが、こうして物事をきちんと説明してくれるところには好感が持てる。

黒鳥などはいつも面白がってれんげを煙に巻こうとするので、それよりよほどいいと思う。

そんな話をしていると、いつの間にか住宅地の切れ間に生い茂る木々の緑が見えてきていた。

くんくんと、クロがとがった鼻をひくつかせる。

『かすかですが、白菊様のにおいがします！』

クロがそう言うと、白菊はまるで花が綻ぶような笑みを見せた。

『そうかそうか。クロは鼻が利くのぉ』

以前クロを保護するという名目で連れ去っただけあって、白菊はクロに対して特別甘い面がある。

ちなみにクロはといえば、褒められて気をよくしたのか、胸を張ってふさふさの胸毛を見せびらかしていた。

小さな森に埋もれるようにして、まだ新しい丸太を組んだ鳥居が現れる。その鳥居をくぐると、小さな橋が架かっていた。

まっすぐ続く敷石の道を進むと、すぐ右手には社務所があり、由緒書きの看板が出ていた。

神社の名は木嶋坐天照御魂(このしまにますあまてるみたま)神社。またの名を、蚕の社(やしろ)と言うらしい。

祀っているのは、天御中主命(あめのみなかぬしのみこと)、大国魂神(おおくにたまのかみ)、穂々出見命(ほほでみのみこと)、鵜茅葺不合命(うがやふきあえずのみこと)と書かれている。聞き覚えのない神様だ。

あれと思ったのは、神社の名前に入っている天照御魂(あまてるみたま)の名がその中にないことだ。だが思ったのはそれだけで、白菊がどうしてこの場所に来たがったのかという理由の手掛かりにはならなかった。

ふと見ると、舞殿の手前向かって左側に、四匹の白い狐が行儀よく二本足で立っている。

彼らは白菊に向かって礼儀正しく頭を下げた。

『よくお戻りを。阿古町(あこまち)様』

阿古町とは、白菊の別名である。伏見稲荷にやってくる前は、その名で呼ばれていたという。

だがそれにしても、戻ったというのは妙である。

白菊はここに来るために、れんげの体を使いたいという話だったはずだ。当たり前だが、白菊と連れ立ってこの地に来たのは初めてである。

思わず訝しげな視線を向けてしまうが、白菊は意に介さない。

『んむ。出迎えご苦労』

鷹揚に頷くと、彼女は境内を見渡した。

『それにしても、随分とちいさく狭くなったものだな』

「ちょっと、いくらなんでも失礼ですよ」

れんげは慌てて、白菊の暴言を止めた。

れんげが一緒でなければ他の神との兼ね合いで出歩けないと言っていたにもかかわらず、いきなり訪れた稲荷神社でもない神社をあげつらうとは何事か。

れんげの中に、今まで経験してきた厄介事が走馬灯のように巡った。

この神社に祀られているのがどのような神様なのかは分からないが、諍いが起こるようなことはどうしても避けたい。

だがれんげたちを出迎えた白狐たちは、むしろれんげの方が信じられないというような顔で見上げている。

『阿古町様にそのようなことを……あの女命が惜しくないのか？』

『しっ！　関わり合いになるな。巻き込まれるぞ』

などと、何やらごそごそ言い合っている。

しっかり聞こえているぞと、こちらから言ってやりたい気分だ。

『妾は心が広い故、このようなことで咎めたりはせぬぞ』

白菊は余裕綽々の態度だが、れんげに言わせてみればどの口がという感じだ。クロを迎えに行って色々とひどい目に遭わされたことは、未だ記憶に新しい。

『さすがは、愛を司る阿古町様。その広きお心に感謝いたします』

少し体の大きな狐がそう言うと、四匹の狐はかしこまってその場に額づいた。

『つきましては、こちらへお越しください』

『うむ』

双方の間であらかじめ話がついていたかのように、白菊はどこへと尋ねることもなく、狐たちの後に続いた。

さすがにそれを見ているわけにもいかず、れんげも後について行く。

狐たちに案内されたのは奥にある拝殿ではなく、向かって左側にある小さな鳥居の向こうだった。その先は、水の枯れた細長い池になっている。

池は途中で、竹垣によって遮られていた。池の奥を見ることはできるが、先へは進めないようになっている。

れんげの目を引いたのは、竹垣の奥、奥まった池の中心に陣取るなんともおかしな鳥居だった。石造りの鳥居は、驚いたことに足が三本ある。まるで三つの鳥居が合体したような三角形だ。

そして三本足の鳥居の中心には、大小さまざまな大きさの石が積み上げられていた。

『これはどこをくぐればよいのでしょう？』

クロも不思議そうな顔をしている。

だが、れんげはそれどころではなかった。

三本足の鳥居が作り出す三角形の聖域。

クロはどうくぐればいいのかと不思議がっているが、れんげにしてみればこの鳥居をくぐるなどとんでもないという思いだった。

十一月なので、気温はそう高くない。生い茂る木々で木陰になっている。だがそれらを抜きにして、なにやら得体のしれない寒気がれんげの背筋を這いあがっていた。

ここは迂闊に近づいていい場所ではない。そんな気がしたのだ。

そんなれんげを見て、白菊は口元に笑みを浮かべた。いつもの小馬鹿にするようなそれではなく、どちらかと言うと感心したとでも言いたげであった。

『ほう。この場所の特異さはさすがに感じ取れるようだな』

なんとなく試された不快感を覚えながら、れんげはその場に立ち竦み両手で自分の体を抱きしめた。

『れんげ様。寒いのですか？』

気づかわしげに、クロが近寄ってくる。なんとかれんげを暖めようと、まるで襟巻のように尻尾を首に巻き付けたりしている。

ふわふわの冬毛が肌をかすめるのでとてもくすぐったい。

「気持ちだけもらっておくから、ちょっと離れてなさい」

れんげが言うと、クロは悲し気に尻尾をだらんと垂らした。

そうこうしている間に、白菊はふわりと宙に浮きあがり、軽々と竹垣を飛び越えた。その拍子に市女笠が飛び、白菊の長く艶やかな髪が顕わになる。掛帯がほどけ、歩きやすいようまとめられていた袿が広がり、ばさばさと音を立てる。

更に、まるで白菊が近づいたのを感知したかのように、三本足の鳥居の中心から俄かに風が巻き起こる。れんげはその場に立っているのが精いっぱいだった。

池の底に落ちていた枯れ葉が巻き上げられる。

『ひあー！』

案内をした狐たちが耐え切れず飛ばされて行った。クロはれんげの影に隠れ、なんとか耐えている。

何が起こるのかと、れんげは目の前の光景を固唾をのんで見守った。

白菊は乱れた衣を意に介さず、宙に浮いたまま三角鳥居に近づいていった。そしてようやっとその真上に到達すると、たおやかな指をかざして何事か呟いている。

風の音で、白菊が何を言っているかまでは聞き取ることができなかった。

そして白菊が言葉を言い終えると、天から俄かに稲妻が走り、三角鳥居の真ん中にある石の山に到達した。

れんげは思わず目を閉じ耳をふさいだ。それほどまでに大きな音と光だったのだ。

どれくらい目を瞑(つむ)っていただろうか。

気付くと風が止んでいた。

おそるおそる目を開けると、目の前にはまるで何事もなかったかのように先ほどと同じ光景が広がっていた。

違うところがあるとすれば、地面の枯れ葉が減ったことぐらいだろうか。

ちなみに騒ぎの根源である白菊はといえば、乱れた装束のましどけない姿でそこにいた。壺装束は袴(はかま)を身につけないらしく、乱れた着物の裾からなまめかしい足が覗いている。

『れんげ様。あれはなんでしょうか？』

おそるおそるれんげの背から顔を出したクロが、鼻先で三角鳥居を指している。

一体何を言っているのかと、れんげは格子状になった竹垣の隙間から目を凝らした。

するとなにやら、三角鳥居の真ん中にある石の山の上に、小さなぬいぐるみのようなものが乗っているではないか。

先ほどの風で飛ばされてきたのかとも思ったが、それにしては石の山の上にぴたりと着地するなんてほとんどあり得ないことだ。

『ふふ、どうやらこれが限度のようだ』

声に疲れをにじませながら、白菊が言った。

彼女は悠長な仕草で石の上にあったぬいぐるみをつかみ取ると、れんげがいる方向に戻ってきた。

白菊が竹垣を越えて戻ってきた時、れんげはその露わになった格好に思わず声をあげてしまった。

「せめて服を整えてください！」

同性とはいえ、今の白菊の格好は刺激が強すぎる。なにせ現代のように下着を身に着けているわけもないので、押さえを失った着物の下は裸なのである。

だが、れんげの反応が予想外だったのか、白菊はころころと笑う。

『ほほ、おぼこいのう』

同じ顔かたちをしているのに、れんげが知る白菊とはまるで別人のようだ。いくらなんでもこれはおかしい。

普段は身だしなみに厳しい印象があるが、今は放埒にふるまい、それを楽しんでいる節すらある。

あまりの変わり様に訝しんでいると、先ほど飛ばされたはずの狐たちが這う這うの体で戻ってきた。

『そこの人間、弁えなさい』

『阿古町様は愛法の神であらせられる。何もおかしなことはない』

「愛？」

思わず素っ頓狂な声が出た。

その言葉の響きが、あまりにも白菊から遠く感じられたせいだ。れんげのイメージで言えば、むしろ規律と難癖の神ではないかと言い返したいところである。

だがさすがにそれはまずいので、驚くにとどめておいた。

どうやら白菊は、れんげの声を聞いて我に返った様子だ。

『いかんな。古い力を使ったせいで引きずられておる』

そう言ったかと思うと、彼女は瞬く間に壺装束姿に戻っていた。ついでに、その眉間には気難しそうな皺まで復活している。

『こんなことになったのも、お前のせいじゃ』

そう言って、白菊は先ほどのぬいぐるみを上下に振った。

『うげ！』

ぬいぐるみが悲鳴をあげる。

いや、声をあげるからにはぬいぐるみではないのだろう。

一体何を持ち帰ったのかと、れんげはその手の中を覗き込んだ。クロも気になるようで、先ほどから鼻を寄せてふんふんとにおいを嗅いでいる。

『やめろ！　湿った鼻を押し付けるな！』

なんとか白菊の手から逃げ出そうともがいているのは、十五センチほどの小さな人間だった。

人間、と言ってもいいものだろうか。とりあえず人の形はしているが、人間にはありえない特徴をいくつも備えている。

一番最初に目につくのは、その背中にある白い羽と頭から生えた二本の触角だ。唯一白菊の指の暴虐から逃れた羽は、昆虫のそれのように白く薄い。触覚はまるでつげ櫛(くし)のような形の触角が頭の上部にしっかりと生えている。

それはまるでおとぎ話に出てくる仙人のような、白くてゆったりとした服を纏っていた。何もかも、全身が真っ白だ。

そんなことを考えている間に、ぬいぐるみもどきは必死にもがいてどうにか白菊の手を脱していた。

だが、その自由はそれほど長くは続かなかった。

興味津々でにおいを嗅いでいたクロが、その口で器用にぬいぐるみもどきの襟首を捉えたせいだ。

そしてクロは、自分の獲物を見てくれとばかりに誇らしげな顔でれんげの前にやってきた。

『離せ！　離せーっ』

さすがにあまりにも哀れな様子だったので、れんげはクロに離すように言った。

褒めてもらえずがっかりとした様子のクロの頭を撫でつつ、れんげは目の前の存在をじっくり観察した。

服装から見てどうやらぬいぐるみもどきは女性らしい。白くて長い髪を背中に流し、目は白目の部分がないせいでやけに、大きく感じられる。

『よくよく混じり合っておるな。今や立派な蚕ではないか』

白菊が馬鹿にするような口調で言った。

言われた方はといえば、怒っているのか白い羽をばさばさと動かしている。

『黙れ！　突然やってきてなんのつもりだ』

『木島(このしま)。元糺(もとただす)の池も枯れてひどい有様だと聞いたが、その様子では余計なお世話だったようだな』

枯れた池というのは、現在れんげが立っている場所のことだろう。

木島と呼ばれた神は、顔を真っ赤にして怒っている。

『誰だお前は。儂はなんだ。一体ここはどこなんだ』

どうやら記憶がないらしく、パニックに陥っている。小さな体でもがく様はあまりに可哀相で、れんげは憐憫の情を覚えた。

『神服に蚕神として躾けられたか。己の本性すらも忘れたと？　祈雨でその名をとどろかせた木島神がなんとも哀れよ』

神服とは、神職として神社に長年奉仕する一族である。その神職株は江戸時代に入り、大店三井越後屋に買い取られ同家の手代が後を継いでいる。

越後屋は呉服屋である。それを機に、木島神社は養蚕や織物の神として信仰を集めるようになった。

れんげには、知る由のないことではあったが。

なお、三井越後屋はその後名を改め現在では三越となっている。

『そんなもの知らぬ！　お前も知らぬ。用が済んだなら帰ってくれ。儂を放っておいてくれ～』

もう限界とばかりに、木島神は白菊の手を逃れたかと思うと、大いに泣いてれんげに抱きついてきた。

困ったのはれんげである。羽のある小さな神に抱きつかれ、何をどうしていいかも分からない。

そもそもが、人を慰めるようなことに向かない気質である。だが、神とはいえ小さな生き物が嘆き悲しんでいる様に、妙な庇護欲を覚えてしまう。

ついでに言うと、共に白菊に苦しめられている者同士という連帯感もあった。

「泣かないで」

つたない手つきで、れんげはクロにしてやるように木島神の頭を撫でた。白い頭はふわふわと柔らかい。

木島神は、顔を上げると黒目がちな目にれんげを映しながら言った。

『不思議だ。まるで人間のごとき気配がする』

「ごときもなにも、人間だから」

不思議がる木島神に、れんげは答えた。

うっかりして、普通に突っ込んでしまった。相手は曲がりなりにも神様だというのに、だ。

だが、木島神は怒る様子もなく、れんげの周りを飛び回って不思議がっていた。

『なぜじゃ。なぜ人間がここにいる』

「ここに……？」

れんげは不思議に思った。ここは神社の境内だが、特に立ち入り禁止になっているわけでもなく、観光客でも普通に出入りできる。

お互いに首を傾げていると、白菊がくすくすと笑った。

『木島よ。このおなごは神の末裔なのだ。ゆえに人でも強力な依代になりえる。太古の巫覡といったところか』

何やら自分のことを言われているらしいというのは分かるのだが、どれもれんげには自覚のないものばかりである。

『なんとまあ』

木島神は唖然としてた。どうやられんげの存在は、それほどまでに特異であるらしい。確かに稲荷連絡網を通じて噂になるくらいなのだから、珍しい存在には間違いないのだろう。

しかしれんげにとっては全く嬉しくないことなので、なんとなく居心地の悪さを感じながらその場に立っていた。

『このおなごがいれば、木島の望みも叶うだろう』

『望み？　望みとはなんだ。儂に望みがあると？』

『金華がどうと言っていたではないか。探していると』

先ほどまで泣き濡れていた木島神は、白菊の言葉を聞くとしばし考え込んだ。小さな体で腕組みをしているので、本当にぬいぐるみにしか見えない。

『そうじゃ！　金色を探すのじゃっ』

何か思い出したのか、木島神は興奮したように叫び始めた。その勢いに、れんげは思わず後退る。

何か、嫌な予感がする。具体的に言うと、いつもの如く面倒ごとに巻き込まれる予感だ。

いつも巻き込まれているのだから、もう抵抗をやめればいいと言う人もあるだろう。それどころか、詠美の猫探しを請け負ってここに来た時点ですでに、すっかり巻き込まれているだろう、とも。

それでもれんげは、できることなら面倒事から逃げたいと思うのだった。

確かに猫を探して憔悴した詠美はかわいそうだと思う。ついでにこの木島神も、なにやらひどく庇護欲を刺激する外見をしているし、泣いているところを見れば慰めてやろうという気にもなる。

だがしかし、今までの経験から言わせてもらえば、神々のごたごたに巻き込まれると間違いなく碌なことにならないのである。

はっきり言って、死ぬのではないかと恐れたこともある。虎太郎がれんげを庇って刺されたことも、未だに苦い記憶として脳裏にこびりついている。

やりたくもないことをやらされ、行きたくもない場所に行かされる。自分だけでなく周囲の人にまで被害が出ることだってある。

れんげとしてはこの新天地で静かに暮らしたいだけなのに、どうしていつもこうなってしまうのか。

彼女の中で、諦観と忌避感がせめぎ合っていた。

『のう。儂を連れて行ってくれ。頼む』

木島神が上目遣いでれんげの顔を覗き込んでくる。

ついでに木島神のにおいを嗅いでいたクロも、同じようにこちらを見上げてきた。

『れんげ様……』

どうやらこの狐は、早くも木島神に絆されているらしい。

四つの目から視線を受けて、れんげは眉間に皺を寄せた。その皺は先ほどの白菊のそれと瓜二つであった。

『連れて行ってやれ。それについて行けば猫又とやらの行方も知れよう』

付け加えるように、白菊が言う。

れんげは弾かれたようにそちらに目をやった。

「あんこの――猫のことをこの神様が知っていると？　でも記憶がないんでしょう？」

『力を取り戻せば自然と思い出す。案ずることはない』

齢三十を超えるという詠美の猫。村田が猫又と言って憚らないその猫を探し出すことが、現在のれんげの第一目標である。

どうしようかと悩んでいると、木島神が会話を遮るようにしてれんげの目の前に飛び出してきた。

『お前も猫を探しておるのか！』

「また猫？」

思わず尋ね返していた。

まさかこの小さな神の目的も、猫探しだなんて思いもしなかったのだ。

⛩ ⛩ ⛩

「はあ～、木島様も猫をお探しなんですか」

れんげが連れ帰った木島神を、虎太郎は物珍し気に見ていた。

今までにも鯛や白鳥など一風変わった神使を連れ帰ったが、さすがに羽の生えた人間というのは虎太郎の目にも目新しいようである。

一方で、虎太郎を見た木島神の方も、なんだか不思議そうに首を傾げていた。

あの後れんげは、木島神を連れて伏見稲荷大社に白菊を送った後、悩みながらもこうして虎太郎のいる町家に帰宅した。

毎度のことであるが、居候の身で意味の分からない神使を家に連れ帰るのは大変心苦しい。

唯一の救いは、毎回虎太郎が快く来訪者を受け入れてくれることだろうか。悪いと思いつつ、結局いつも虎太郎の懐の広さに甘えてしまっている。

虎太郎の家族になってほしいという願いにすら、未だちゃんとした答えは出せていないというのに——。

虎太郎が優しいほどに、れんげの罪悪感は増すばかりである。なので賄賂という訳ではないが、お土産を買ってきた。後でそれを出すとしよう。

『そうなのじゃ。儂は古き友を探しておる。今のところ、記憶にあるのはそれくらいじゃがな……』

木島神が悲しそうに言う。

確かに、それしか記憶がないというのはなんとも心細いだろう。

虎太郎の淹れたお茶を飲みつつ、木島神は言う。ちなみに蚕の成虫は口が退化しているため食事ができないのだが、木島神はその例から外れるようだ。

「その古き友というのが、猫なのね」

れんげの問いに、木島神は頷いた。

『そうじゃ。そやつは金華猫じゃった。儂はどうしても、そやつに会いたいのじゃ』

「見つけてあげたいけど、何か手がかりがないと……」

あんこ探しも難航しているところだというのに、全く手がかりのない猫を探し出すなんて不可能だ。

ただでさえ、れんげたちは猫探し業者でもなければ探偵でもないのだから。

すると木島神は必死に悩んだ末、何かを思い出したかのように手を打った。

『そうだ！　そやつは儂の代わりに勧請（かんじょう）されて行ったのじゃ！』

「勧請？」

勧請というのは、大きな神社やお寺などのご利益にあやかるため、遠方の人々が分霊を祀らせてほしいと請うことだ。

神社にもいくつか種類がある。

伏見稲荷のように日本各地に分社がある神社がある一方で、一社しかないような珍しい神社もある。

京都には特に、大本となる総本宮が多く存在している。お寺に関しても、宗派の頂点たる本山が多い。それらは各地から請われて分霊することで、日本中に信仰が広まったのだ。

例えば稲荷大社に祀られる宇迦之御魂神（うかのみたまのかみ）は豊穣を司る。各地の農家は豊穣を願い、こぞって稲荷社を勧請した。各地に点在する摂社には、今日会ったような白菊や、彼女に連なる白狐たちが神として祀られている。

れんげの噂話をしていたゑびす神社の狐もそうだ。東京で出会った天音もそう。人間でいうところの支店勤務といったところか。

昔話の中には、関東の稲荷神社で祀られていた白狐が、命じられて京へ向かったなどと語るものもある。つまり、稲荷の世界にも栄転があるのだ。

そのように栄華を極める稲荷社がある一方で、木島神のようにひっそりと祀られる神もある。

もちろん、木島神の信仰が全くなくなったというわけではない。

とはいえ、木嶋坐天照御魂神社の主祭神は、天之御中主神を筆頭とする五柱であり、そのどれもが一般人には知名度の低い神様だ。

天之御中主神などはイザナギやイザナミよりも先に生まれた、宇宙そのものともいえる神様なのだが、すごすぎて逆に何を司っているのか分からないような状態である。

人間はもっと、分かりやすい神を好む。

一応木島神にも、繁栄の時代はあった。

第一は秦氏によって創建された頃であるし、江戸時代に入って三井越後屋の者が神服家に養子に入ると、その財力で社殿が整えられ絹織物に関連のある養蚕業者や織物職人の信仰を集めることになった。

こうして木島神社は、別名である「蚕ノ社」としての名声を高めていったのである。

だが、明治大正と日本中で生産されていた絹も、戦争と化学繊維の登場によって需要が大きく減ってしまった。

木島神社への信仰は衰え、ついに元糺と謳われた池も枯れ、木島神はこのように小さな姿になってしまったというわけだ。

ちなみに元糺というだけあって、現在糺と呼ばれる場所は別にある。

それこそが、下鴨神社の境内にある糺の森だ。境内であることを忘れさせるような広大な敷地に、瀬見の小川と呼ばれる川が流れ、原生林が生い茂る。

話はそれたが、とにかく木島神の代わりに勧請されていったというのなら、どこか木島神が祀られている場所にその猫はいるはずだ。

白菊は、木島神を助ければあんこも探すことができると言っていた。

それが本当かは分からない。結局のところ彼女は、力の弱まった木島神を哀れに思い、力を貸したのだろう。そしてそのために、れんげを騙して利用しようとしているということも十分にありえる。

人間には恐ろしいところを見せる神だが、クロに対する態度を見ても分かる通り、白菊は同族に対しては情に篤く面倒見がいい。

もちろんそれはいいことだが、ならば自分に対しても、頼むならばそれなりの態度を見せてほしいというのがれんげの考えである。

恐ろしい相手なので、とてもそんなことを面と向かっては言えないが。

とにかく――とれんげは頭を切り替えた。

「私たちは、猫又かもしれないと言われている猫を探しているの」

木島神の事情を聞いたので、今度はこちらの番とばかりにれんげは現在の状況を説明した。

詠美が猫を探しているということ。三十歳を越えていることから、その猫が猫又なのではないかと疑っていること。そしてその話を聞いた白菊が、猫の居場所を教えると言って木島神社に連れて行ったということ。

その後は木島神の知っている通りだ。

白菊は己の力を使い、弱っていた木島神を目覚めさせた。

神社でのやり取りから考えるに、おそらく白菊を呼んだのはあの四匹の狐だろう。境内に小さな稲荷の社がいくつかあったので、あの白狐たちはそこに祀られてる狐たちだと思われた。

ちなみに別れ際、白菊は今日のことは忘れるようにとれんげに言い含めた。おそらくは、古き力を取り戻した己の姿に恥じらいを覚えたに違いない。

そんなところが、神と言いながらなんだか人間臭いと思う。

話を聞き終えると、木島神は小さな腕を組んでうんうんと唸り始めた。

しばらく待っていると、やがて唸り声が聞こえなくなり木島神はまっすぐにれんげを見上げた。

『その……あんこだったたか。儂はその猫を知らん』

少し言いづらそうに、木島神は言った。

それはそうだろう。なにせ自分の名前も分からないほどに弱っていたのだから。

正面にいる木島神は恐縮しているのか、怯えるように羽を震わせた。

『じゃ、じゃがな。探す方法がないわけではない』

「どういうこと？」

れんげの問いに、木島神は眉を寄せた。

『儂自身はそのあんことやらのことは知らん。だが……儂が探している猫ならばその行方を知っているかもしれん』

「なるほど。あんこを探すためにはまずその金華猫とやらを探し出さないといけないわけね」

思わず皮肉っぽい言い回しになってしまった。そのせいか、木島神は小さな体でびくついている。

今まで出会ってきた神々はれんげの怒りなど意に介さないような相手が多かったので、この反応は少し意外だった。

弱い者いじめをしているようで、罪悪感が湧く。

『わ、儂ができることはそう多くない。お前の不満もよう分かる。じゃが……』

木島神は悲し気に触角を萎えさせた。開いたままになっている羽も、心なしか肩と一緒に下がった気がする。

「木島様。元気を出してください。れんげさんはあなたをこのまま放り出したりはしませんよ。こう見えて優しい人ですから」

『そうです！　れんげ様は優しいです。我にごはんを分けてくれますし、お酒も分けてくれますし、お菓子だって――』

喋りつづけるクロの言葉はさておいて、虎太郎の言葉にれんげは喉元まで出かかった反論を飲み込んだ。

そんなお人好しではないと言い返したかったが、恋人に優しい人だと言われたのが存外嬉しかったのだ。

今まで一度だって、付き合った相手に優しいと言われたことはない気がする。

それどころか自分でも思ったことはないのだけれど、虎太郎の目から見る自分は、自分の知る小薄れんげとは違うのかもしれない。

そう思うと、もう木島神の願いを切って捨てることはできなかった。

それに、少しでも可能性があるのならば、あんこ探しは継続しなければならないだろう。なにせ上司である村田の命令なのだから。

れんげはそう自分を納得させた。

決して、木島神が可哀相だから引き受けるわけではない。

そう思いながら、れんげは口を開いた。気分はやけくそだ。

「分かった……こうなったらとことん付き合ってやるわよ！」

⛩ ⛩ ⛩

「そもそも、金華猫ってなんなの？」

れんげは引っかかっていたことを木島神に尋ねた。

あやかしに疎いれんげにとって、金華と言われて思い浮かぶのは金華ハムくらいだ。

『今は猫又というのか？　唐土の――特に金華の猫は月光を浴びて、齢三年を過ぎるとよく化けるようになるのだ』

また猫又か。

つまりは猫又の中華風の呼び名ということか。どちらも化け猫の類であることには変わりがない。

れんげが思わず肩を落としたのも無理はない。

詠美の猫又疑惑猫あんこと、木島神が探す中華風猫又。探し物が一つから二つに増えて、より一層どうしていいか分からなくなってしまった。

どうすべきかうんうん唸っているれんげを、クロが心配そうに見つめている。

『れんげ様。どうなさいました？　腹が痛むのですか？　急ぎ厠(かわや)へ行かれては……』

「お腹は別に痛くないから」

心配してくれるのは嬉しいが、この狐はいつもどこかずれている。

『やはり、難しいのか……？』

今度は木島神が、不安そうに聞いてくる。

その様子があまりにも憐れみを誘うので、れんげはどうしたものかと悩む。

まるで見当がつかないというのが正直なところだが、その言葉をそのままぶつけるのはさすがに抵抗があった。

冷たい人間だと思われがちのれんげだが、そのくらいの分別はある。

一度引き受けたのだから、すぐに翻意したりはしない。

「ええと、まずはその猫又さんのことについて教えて頂けますか？」

虎太郎が柔らかい声音で尋ねる。

こういった話の聞き役であれば、確かに虎太郎の方が適任だ。

『うむ。名は『金色（こんじき）』という。自らそう名乗っていたからな。確かにやつの目は美しい黄金（こがね）色であった。漆黒の毛皮を持ち、まさしく闇夜に浮かぶ満月のようであった』

当時に思いを馳せているのか、木島神は懐かしそうに言った。

「その『金色』が勧請された先は？」

昼間に聞いた話では、『金色』は木島神の神使となってどこかに勧請されていったということだった。

勧請というのは新しいお寺や神社を建立する際、神仏を招く時に使われる言葉だから、『金色』は今もどこかの神社に祀られているはずだ。

「木島神社と言えば蚕ノ社ゆうぐらいですから、行先は養蚕関係の神社ですか」

京都に住んでいる虎太郎からすると、木島という名前よりも蚕の社の方が馴染みがあるようだ。

木島神は己の記憶を探るように触角を揺らしながら言った。

『たしか……丹後（たんご）の峰山（みねやま）というところだ』

「峰山……」

木島神の言葉に、虎太郎の顔色が変わった。

「知ってるの？」

思わず尋ねると、虎太郎は困ったように笑いながら言った。

「いえ、地元が近いので驚いて」

そう言うと、虎太郎はスマホで地図アプリを起動させ、少し操作したかと思うとすぐにれんげの前に差し出した。

現在れんげたちのいる伏見区丹波橋を起点にすると、峰山は京都府のかなり北西に位置していた。丹後半島の付け根あたりとでも言えばいいのか。

そういえばと、れんげは恵比須の屋敷に連れて行かれた際、海を見て物思いにふけっていた虎太郎のことを思い出した。

ここに近いということは、虎太郎の地元は日本海に面した場所なのだろう。

どこが地元なのか尋ねようとしたが、その前に虎太郎が何かを思いついたらしく、再びスマホを操作し始めた。

「ちょっと待ってくださいね。猫って言うならもしかして……」

そう言いながら何か見つけたのか、眼鏡の下の虎太郎の目が輝いたのが分かった。

「あ！　ここやないですか？」

そう言って虎太郎が見せてくれたスマホの画面には、金刀比羅（ことひら）神社という文字が綴られていた。

その画面の中で、行儀よくお座りをした石の猫がこちらを見つめていた。

「峰山のこんぴらさんに、狛猫がいるって聞いたことがあって、それが確か木島神社の神さんを祀ってるって聞いたなと思って」

驚いたことに、地元近くということで虎太郎には心当たりがあったようだ。それにしても、狛猫とは珍しい。れんげはおもわずクロを見つめた。

狛が付く生き物と言えば、狛犬や狛狐が一般的なように思う。

気を効かせた虎太郎がスマホの画面を木島神に見せてやると、こちらもスマホにへばり付くようにして画面を凝視していた。

『ここだ！　ここに違いないっ』

興奮した様子で、背中の羽根をはためかせる。

『やっと「金色」に会える！　早速出発だ』

興奮する木島神を、れんげは押しとどめた。

「待って。もう夜だし、そうすぐには出かけられないわよ。上司にも確認しなきゃ」

そういうわけで、れんげはとりあえず村田に連絡することにした。

そしてあんこ探しのために丹後に向かう必要性が出てきたことと、そのためにもうしばらく出勤できないこと。なにより、峰山に行くための旅費は経費として落とせるのかということを確認した。

するとと村田は興奮した様子で、

『お金のことは気にしないで大丈夫なので、ぜひぜひお願いします！　詠美さんも喜びます』

そう言っていたが、あんこが見つかるかはまだ分からないと釘を刺しておいた。

『金色』があんこの行方を知らなければ、手がかりは再びゼロになってしまうのだから。

電話を終えると、れんげは荷造りを始めた。

木島神も焦っていることだし、早速明日にでも金刀比羅神社に行ってみようと思ったのだ。

この件が解決しないと職場復帰できないので、できるだけ早く片づけたいという焦りもあった。

その様子を見ていた虎太郎が、慌てたように言う。

「れんげさん。まさかここに行くんですか？」

なんでそんなことを聞くのだろうと思いつつ、れんげは手を止めて頷いた。

「うん。府内みたいだし」

「で、でも。多分片道電車で三時間ぐらいかかりますよ？」

「え？」

これはさすがに予想外だった。同じ京都府内なら、いくら遠いと言っても一時間ぐらいだろうと軽く考えていたのだ。

三時間と言ったら、京都駅から新幹線で東京に向かうより時間がかかることになる。れんげは東京生まれ東京育ちなので、地方の交通事情に関してはどうしようもなく疎いのだった。

だが、今さら行かないというわけにもいかない。今だって、木島神が不安そうな顔でこちらを見ているのだ。

「一応日帰りのつもりだけど、もしかしたら泊りになるかも。その時は連絡するから」

れんげはそう言うと、身支度を再開させた。泊りになった場合を考慮し、大きめのバッグに荷物を移し替える。

その間、虎太郎はどこかへ電話をかけていた。そして電話を終えると、れんげに向けて言ったのだった。

「俺が運転しますから、レンタカー借りて行きましょう。向こうは車がないと移動が大変ですから」

突然の申し出に、驚いてれんげの手は止まってしまった。

「そんな、忙しいでしょ」

「前に言ったやないですか。俺は遠慮して遠ざけられるくらいなら、いくらでも迷惑かけられたいんです。それに、一緒に恵比須様の試練も潜り抜けたんです。今さらじゃないですか」

普段は言葉少なな虎太郎が、こんな時ばかりは饒舌になる。

こう言われてしまっては、れんげも断れなくなってしまう。どんどん抵抗できなくなっている自分を感じた。

「決まりですね。早速レンタカーを予約しないと」

そして流されるままに、いつの間にやら二人と二柱の丹後行きが決定していた。

⛩⛩⛩

詠美は疲弊していた。

事の発端は、祖母の死だった。高齢だったこともあり、もともと覚悟はしていた。それでも肉親の死はやはり辛いものだ。

だが、ケアハウスに入所していた祖母を看取って帰宅すると、今度は家から愛猫のあんこがいなくなっていた。

詠美は半狂乱になってその行方を捜した。

生まれた時から一緒にいる猫だ。大切な家族である。

猫にとって路上は危険が多い。家猫の寿命が十五年前後あるのに対し、野良猫の寿命は二、三年。その事実だけとってみても、路上での生活がどれほど過酷か伺い知れるというものだ。

あんこが餌も食べられずさまよっている様を想像するだけで胸が締め付けられるようで、冷静ではいられなかった。

だが、祖母を亡くした直後ということもあり、通夜や葬儀にと忙しく、すべての時間をあんこ探しに費やすことはできなかった。

猫探しの業者に頼んだのも祖母の葬儀が済んでからのことで、いなくなってから日数が経ってしまっているので見つけるのは難しいと言われていた。

その後、結局いくら探しても見つからず、祖母の四十九日が過ぎた。今なおあんこの行方は分かっていない。

もうだめかもしれないと思いつつ、時間があるとあんこ探しを続けている。そんな詠美を心配して、両親が古い付き合いのある加奈子に連絡したようだ。

仕事大事である両親が上得意である加奈子に頼るほどなのだから、詠美の困憊（こんぱい）ぶりはよほどひどいものなのだろう。

心配されていると分かっていても、いつまでもあんこのことを諦められなかった。当たり前だ。大切な家族なのだから。

年下でありながら博識な加奈子は、あんこの異常な長寿から猫又ではないかと、前から冗談半分で言っていた。

あんこが消えた日、詠美たち家族は家をしっかり施錠していた。家中確認したがその逃走経路は見つからず、鍵のかかった家から忽然（こつぜん）と消えたのだ。

そのことを加奈子に話すと、やっぱり妖怪なのではと今度は真剣な顔で言う。

本当にそうだったら、どれだけいいか。

もしあんこが妖怪だったなら、今もどこかに確かにいるはずなのだ。車に轢かれたり、飢えて苦しむこともない。

でも正直なところ、詠美はあんこが猫又だという話をそこまで本気にしているわけではなかった。

そうであればいいと願ってはいたけれど、一方であんこはただ少し長生きなだけの普通の猫だと、思ってもいた。

そんなある日、加奈子が連れてきたのは彼女の部下で霊能力を持っているという小薄れんげだった。

正直なところ、加奈子が霊能力者を連れてくると言った時、ほんの少しだけ胡散臭いと思ったのは事実だ。

霊感商法を勧められたりしたら、どうしようかと悩んだりもした。

だが予想に反して、やってきたれんげは至極常識人そうな真っ当な女性だった。加奈子に無理やり連れてこられたようで、彼女も詠美に会い困惑している様子だった。美人だが気が強そうな顔立ちで、詠美の仕事を興味深そうに見学していた。

彼女ならば弱みに付け込むようなことはあるまいとあんこのことを話し出すと、ぽろぽろと言葉が溢れて止まらなくなった。

思っていたことを口にすると、れんげは複雑そうな顔をした。それは詠美を疎んでのことではなく、まるで我が事のように共感しているからだというのがなぜか伝わってきた。

多分それは、彼女の眼差しに優しさが溢れていたからだ。

そうしてみると、最初に勝気だと感じたのが嘘のように、れんげのいたわりの気持ちが伝わってきた。

でも、それを言葉に出さない。

不器用な人なのだなと、思った。

れんげたちと別れた後、詠美はダメもとでもう一度あんこを探しに出た。両親もまた、そんな詠美を心配していた。それは痛いほど伝わってきた。時刻はすっかり夜になっている。

けれどまだ、吹っ切るなんて無理だ。

どうしてもまた会いたい。会ってあのビロードのような毛皮に触れたいのだ。

そんなことを考えていた時だった。

公園に差しかかったところで、塀沿いの草むらを黒い影が横切った気がした。

「あんこ⁉」

詠美は思わず叫んだ。

ここひと月半で、何度そんな反応をしたか分からない。大抵は野良猫か、あるいは鳥やイタチなどの小動物だったりする。

それでも、詠美は迷わず草むらに近づく。

祈るような気持ちだった。99％違っていたとしても、最後の1％を捨てきれないのだった。

「あんこなの？」

黒い塊は、猫のようにも、石のようにも見えた。

詠美は慌てて、スマホのライトを点灯させた。

――だが。

充電してあるはずなのに、背面のライトが点灯しない。誤作動だろうかと思い、再度試したが同じだ。

詠美は諦めて、画面の光で黒い塊を照らすことにした。慌ててスマホを取り落としそうになりながら、なんとか画面を草むらへと向ける。

それは、奇妙な生き物だった。

尾は二つ。目がなく、大きな口が空いている。口に並ぶのは鋭い牙。大きさや形は猫と言えなくもない。

「ひっ」

その異形に、思わず喉が引きつった。

黒い塊はのっそりと立ち上がり、牙をむき出しにした。顔の大きさから考えると、信じられないほどに大きな口だ。野球ボールくらいなら丸のみにできるだろう。

詠美は道路に尻もちをついた。焦りでなかなか立ち上がることができない。

『ギャァァァァ！』

塊が吠える。赤ん坊の泣き声のような甲高い声だ。

あんこじゃない。猫ですらない。

じゃあ、これは一体――なんなのだ。

『カエセ』

塊は言った。驚いたことに、その鳴き声は人の言葉のように聞こえた。

ひたひたと、湿ったような足音を立て黒い塊は近づいてくる。

詠美は座ったまま、必死に後退った。

『カエセ』

塊は詠美に用があるようだった。その明確な意志と、声から感じられる憎しみに心底震えた。

悲鳴をあげることすらできない。悲鳴をあげれば、今にも飛びかかられるのではないかという恐怖があった。

黒い塊は今にも、詠美の足先に触れそうだ。

『カエシテ』

恐怖のあまり、どうにかなってしまいそうなその刹那(せつな)。夜の住宅地に、ブレーキ音が鳴り響いた。

詠美の視界が真っ白に染まる。

それが車のライトだと気付くのに、しばらく時間がかかった。

「大丈夫ですか⁉」

ドアを開ける音がして、車から運転手が降りてくる。

ばくばくと心臓の音がうるさく、他の音がよく聞き取れない。

黒い塊がいたはずの足先を見れば、そこにはただ小さな石ころが転がっているだけだった。

だが明らかに、見間違いではない。先ほどの塊は、その小石とは比べ物にならない大きさだったのだから。

詠美は恐怖を覚えつつ、運転手の手を借りて立ち上がった。幸い怪我もなく、迷惑になってしまったことを詫びて帰宅することにした。

落としてケースに傷のついたスマホを握りしめ、アドレス帳から馴染みのある名前を呼び出す。

村田加奈子。発光するスマホの画面には、その名前が浮かび上がっていた。

虎太郎の甘味日記　～別格編～

年上の恋人が、今度は白い羽を持つ不思議なあやかしを連れ帰った。聞けば、太秦にある蚕の社の神様だという。その名は木島神。

猫又と疑われる猫を探しに行って、どういうわけか別の猫又を探している木島神に突き当たったらしい。

まだ一年に満たない付き合いだが、この人には本当に珍事を引き寄せる才能があるのだなと感心する。

おかげで、静かな虎太郎の毎日は大きく変わった。

家族が早逝し、寄る辺なく寂しいと感じていたあの頃が嘘のようだ。今は寂しいとは思わない。誰かに寄りかかるのではなく、れんげに寄りかかってもらえるような男になりたいと思っている。

猫又探しを了承したれんげは、怒っているのか黙って自室に行ってしまった。

先ほどのやり取りを思い出し、言い方が悪かったかもしれないと焦っていると、間もなくれんげは戻ってきた。

その手には、『別格』と書かれた白い紙袋が下がっている。

先ほどまで座っていた座布団の上に座り直すと、れんげはその袋から中が見えるよう片面が透明になったガゼット袋を次々に取り出した。

その数は三つ。

袋の中は、どうやらクロワッサンのようだ。

それを見て、虎太郎はコーヒーを入れるために席を立った。インスタントだけど、クロワッサンにはやっぱりコーヒーだろう。

ポットからお湯を注いでコーヒーを用意する。クロは三つの袋を見比べていた。

「あんたは木島様と半分に分けるのよ」

れんげが内訳について指示を出すと、クロが悲しそうな顔をした。一方で、木島神の方は嬉しそうに触角を上げる。

『儂の分もあるのか!』

木島神は狐のクロ同様、人の食べ物を食べることに問題はないらしい。まあ神社のお供え物は人が食べるものが当然のように並んでいるし、本人が嬉しそうなのだから茶々を入れるのはかわいそうだ。

自分の席に戻ると、虎太郎は改めてちゃぶ台の上を見下ろした。

クロたちが真剣に吟味しているのは、きっちり包装された三つのクロワッサンだ。

虎太郎がすぐさまコーヒーを用意したのには、もう一つ理由があった。それはそのクロワッサンがただのクロワッサンではなく、クリームなどを挟んだパンスイーツだったからだ。

内訳は、何も挟んでいないベーシックなものが一つ。生クリームのようにきれいに絞られたこしあんを挟んだものが一つ。零れだしそうな粒あんに、薄切りのバターを挟んだカロリーの化け物が一つ。

虎太郎はすぐに、それが気になっていた新しいショップの商品であると察した。

パン屋に詳しいわけではない虎太郎がどうしてこの店を知っていたかというと、それはこの『別格』というパン屋を運営しているのが、生八つ橋の『おたべ』を製造している、『美十（びじゅう）』という会社だからだ。

「これって、京都駅のお店ですか？」

確か駅ビルに支店があったはずだと思って問えば、驚いたのかれんげは目を丸くしていた。

「よく分かったわね」

どうやら虎太郎の想像は当たっていたらしい。

そしてれんげは少しだけ決まりが悪そうな顔をしつつ、目を泳がせながら言葉を続けた。

「虎太郎が最初に選んで。どれがいいか分からなかったし」

年上なのに、こういう時はやけに不器用で、かわいいと思う。

「じゃあこれ、いただきますね」

虎太郎が選んだのは粒あんとバターを挟んだクロワッサンだった。その後、クロと木島神がこしあんを選んだので、包丁で半分に切る。もともと甘い物が苦手なれんげは、ベーシックなクロワッサンを食べることになった。

『いただきます』

コーヒーと一緒に、ちょっとしたカフェタイムだ。

少しトースターで焼いてサクッとさせて、溶け始めたバターを零さないよう大口で頬張る。

「むぐ」

飲み込む前に、虎太郎は固まった。

濃厚なバターと甘すぎない粒あんが絶妙にマッチしていて、口の中に広がる風味の贅沢さに眩暈（めまい）がした。

『おお、うまいうまい』

クロたちも、嬉しそうに食べている。れんげは特に言葉を発するわけではないが、純粋にクロワッサンとコーヒーを楽しんでいるのが見て取れた。

虎太郎はそのまま夢中になって、あっという間に自分の分を食べ終えてしまった。

食べ終えてしまったのが残念でもあり、あんことバターという組み合わせなのに、重くなり過ぎない食後感は純粋に好ましく思える。

唯一難点をあげるとするなら、インスタントではなくもっといいコーヒーと一緒に食べればよかったという後悔くらいか。

「おいしかったです。ありがとうございます」

「こっちこそ、いつもありがとう」

互いに礼を言い合うと、なんだか胸の奥からじんわりと温まるような心地がした。

れんげに出会うまで、虎太郎はずっと人間関係が苦手だった。今でも、得意だとは言い難い。

それでも、こんなふうに誰かと喜びを共有できる今の環境が、かつてと比べてたまらなく幸せだと思う。

以前口にした家族になってほしいという思いは、今も変わっていない。けれどれんげから、未だに返事はもらえずにいる。

仕方ないのは分かっている。すぐに答えが出せるようなことではないし、就職が決まったとはいえ実際に働いてもいない自分は頼りになる存在とは言い難い。

何より、れんげは自分が年上であるということをひどく気にしている。

それらは、すぐに解決できるようなことではない。虎太郎だって、自分の希望をれんげに押し付けるようなことはしたくない。

それでも来年も、こんなふうにれんげと笑い合っていたい。

虎太郎は口には出さないまま、改めてそう思ったのだった。

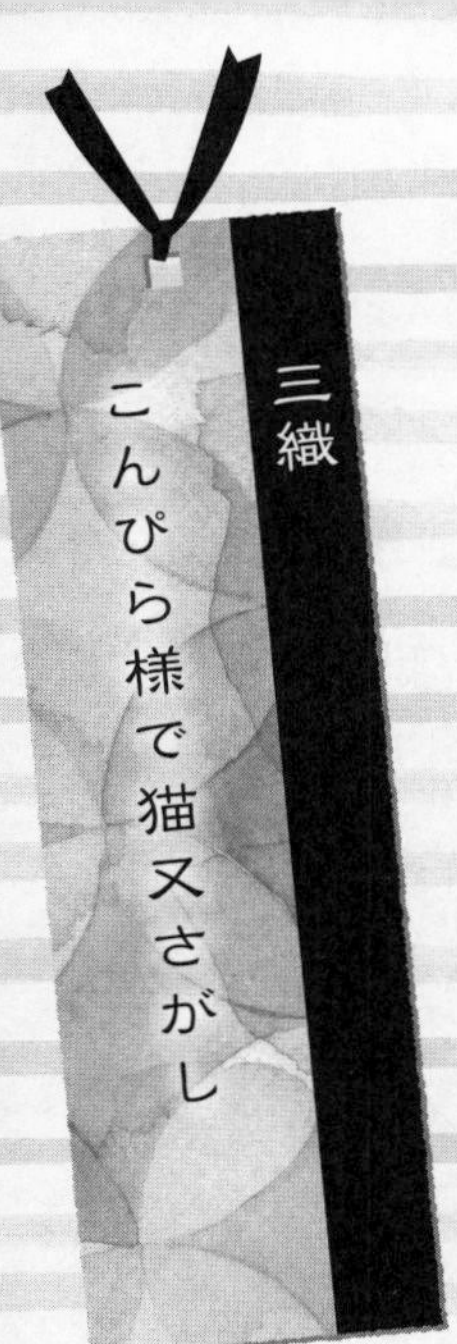

三織 こんぴら様で猫又さがし

アタシが連れてこられたのは、昼でも薄暗い部屋の中だった。昼夜問わずいつもざわざわとあの子たちが桑の葉を食べる音がしていた。

そうあの子たち。アタシが護るべき子供たちのことだ。

人間は、あれらを育てるのにいつも必死だった。

腹を空かせないよう毎日大量の桑の葉を運んできたし、あの子らが病気にならないよう部屋の中はいつもきれいに掃き清められていた。夏には風を送り、冬には人間そっちのけで火鉢を使い部屋を暖めた。

人間はアタシを神棚に乗せて、いつも手を合わせていた。

曰く、この子ぉらが病気になりませんように。無事に繭を作れますように。という願いだった。彼らは自分のことなど祈りはしなかった。雨が降ろうが風が吹こうが、いつも蚕のことばかり気にかけていた。

アタシを連れてきた女の子も、そうだ。

お猫様お猫様と、彼女は可愛らしくアタシを呼んだ。

——ニャア

戯れに鳴き返すと、彼女は必死になって猫の姿を探していたっけ。

懐かしい。今は戻れない日々のことを思う。

どうしてアタシたちは、こんな風に歪んでしまったのだろう。

⛩　⛩　⛩

俗にこんぴら様と呼ばれる金毘羅大権現は、もともとはガンジス川のワニを神格化したクンビーラが語源だと言われている。

日本での金毘羅信仰は、四国讃岐で始まった。今は琴平山と呼ばれる象頭山に松尾寺という真言宗の寺院が建立され、金毘羅はその護法神として勧請されたのだ。なのではじめは小さなお堂に過ぎなかったのだが、江戸時代に航海守護神として霊験あらたかと評判になり、ついには松尾寺をも飲み込んで金毘羅大権現を祀る神社となってしまった。

そこに明治の廃仏毀釈が決定打となり、仏像や仏具の類は全て焼き捨てられてしまった。この時金刀比羅宮と改名し、主祭神も仏教由来の金毘羅ではまずいということになり、大国主命が別名である大物主神としてその座についたのだ。

さて、虎太郎が教えてくれた金刀比羅神社は、かつての峰山藩主が丸亀藩の京極家に頼み込んで丹後の地に勧請したものである。

一見木島神社とは何の関わりもないように思えるが、重要なのはこの峰山という土地が丹後ちりめん発祥の地であり、江戸から明治にかけて養蚕が非常に盛んにおこなわれていたということだ。

ゆえに、この金毘羅神社には木島神社からも木島神が勧請されていた。それも、日本で唯一の狛猫の像と共に。

確かに、木島神の言う条件と合致する。だからこそ、れんげもすぐさま金刀比羅神社に向かおうとしたのだ。

けれどまさか、虎太郎が同行を申し出るなんて思いもしなかった。

そして、思いもしないことと言えばもう一つあった。

「すいません。私まで乗せていただいて」

レンタカーの後ろには、詠美が申し訳なさそうな顔で座っていた。いや、それだけではない。

「いえいえ、詠美さんの猫ちゃんのことですものね。気になるのは当然です！」

なぜか村田まで、気勢を上げている。

前日予約でどうにか借りることができたのは、型式の古いコンパクトカーだった。

それでも二人ならば荷物を載せても余裕があるだろうと思っていたのだが、今朝早くに突然電話がかかってきた。

驚いたことに、村田が金刀比羅神社行きに同行したいと言い始めたのだ。

村田によれば、昨夜れんげから連絡を受けた後、進捗状況を報告するために詠美に連絡を取ったらしい。

すると、詠美がどうしても同行したいと言い出したのだとか。それならばと、村田も一緒に来ることにしたようだ。

仕事はどうするのかとか言いたいことはいろいろあるが、村田の無茶苦茶に慣れつつあるれんげは諦めの境地にあった。

可哀相なのは虎太郎である。

まだ免許取り立てだというのに、ただでさえ緊張する高速道路を女三人と狐と神様付きで運転しているのだ。

出発前に一応確認したら、残念ながら木島神の御利益に交通安全は含まれていないらしい。虎太郎の安全運転頼みである。

初めての車での長旅にクロは興奮しきりだ。車内で尻尾をバサバサと振り回すので、鬱陶(うっとう)しいことこの上ない。

木島神は木島神で、なぜか居心地がいいと言って詠美の肩にとまっている。

村田も詠美もそれが見えるわけではないので、今のところ後部座席で他愛もない話をしていた。

様子を伺っていると、先日会った時よりもさらに憔悴している詠美を、村田がどうにか元気づけようと明るくふるまっている。

詠美のためにしてあげているのだろうと思うと不満を言うこともできず、れんげは静かに成り行きを見守っていた。

車は京都縦貫自動車道を、北西に向けて順調に走っていく。

「前も思いましたけど、穂積さんって本当に健気ですねぇ」

村田が突然そんなことを言い出したものだから、れんげはぎょっとした。それは名前を呼ばれた虎太郎も同じだったのだろう。

戸惑ったように、え、とも、へ？　ともつかない声をあげている。

もちろん、その視線は目の前のフロントガラスに釘付けになったままだ。

「だって、笹山さんのお家にお邪魔した時も、れんげさんと一緒やったやないですか」

笹山というのは、例の大石内蔵助が通っていた遊郭を受け継いでいた笹山老人のことである。現在その家は村田の指揮の元改装工事の真っ最中なので、村田から見ても忘れ難い出来事なのだろう。

「ほんままめやねー。ねえ詠美さん。そう思わん？」

口数の少ない詠美を元気づけようとしているのか、村田はそう話題を振った。おそらく虎太郎の話を持ち出したのも、何か詠美の気がまぎれるような話題がないかと探った結果なのかもしれない。

詠美は少しだけ困ったように笑った後、ひどく思いつめた顔をして口を開いた。だが彼女の言葉は、おそらく村田が想像していたそれとはまったく別のものだったのだ。

「実は、お話ししていなかったことがあるんです」

「え？」

それまでずっと黙り込んでいたので、一瞬誰が言ったのかれんげには判断できなかったほどだ。ミラーで後部座席を見ると、詠美は俯いていてその表情を窺い知ることはできなかった。

「あんこがいなくなってから、毎晩のように夢を見るんです。それがあまりいい夢ではなくて……」

始めは愛猫がいなくなって落ち込んでいるだけかと思っていたが、悪夢にうなされているというのなら、詠美の憔悴した様子にも納得がいく。

「それって、どんな夢やの？」

心配した村田が問いかけると、詠美は不安そうに話を続けた。

「私は子供で、何かとても焦っているんです。夜道にたった一人きりで、でも焦りの理由が分からなくて。それ以上はあまりよく覚えていないんですけど、どこかへ行くのが目的だったような気がします。それだけならいいんですけど……」

「けど？」

「闇に紛(まぎ)れるようにして、いつもあんこが出てくるんです。でもあんこはいつものあんこじゃなくてすごく気が立っていて、毛を逆立てて私を威嚇したりするんです。始めは、あんこが見つからない焦りからそんな夢を見るのかと思っていました。でも昨日、実際に遭ったんです。あんこのような何かに……」

そう言って詠美が語ったのは、公園の草むらにいたという目のない猫の形をした化け物の話だった。

それは奇声をあげ、詠美に襲いかかってきたそうだ。

話の奇妙さもそうだが、詠美の鬼気迫る様子に一同は息を呑んだ。

「いなくなる前は、あんなこと一度もされたことがないのに……実は恨まれていたんじゃないかと思うと私っ」

詠美の声は、か細く震えていた。

それを慰めるように、村田が詠美の背中を撫でている。

だが、あんこが詠美の前に現れたというのなら、あんこを探してほしいという詠美の依頼は予想外の形にしろ達成されたということになる。

これ以上探す必要があるのかという気持ちを込めて、れんげは村田に視線をやった。

彼女も戸惑っているのか、困った顔をするばかりだ。

「そやったら、もうあんこのことは探さへん方がええんとちゃう?」

優しい声で村田が問いかける。だが詠美は、ゆっくりとかぶりを振った。

「加奈子さん。それでも私は、知りたいの。あんこが何を考えていたのか。どうしてあんなことをしたのかを」

そう言って前を向くと、詠美はれんげに向かって言った。

「それに、気になることがあるんです」

「気になること？」

「私の母方の祖母のことなんですが」

「お祖母さんって確か、最近亡くなったんじゃ……」

村田が困惑したように呟く。どちらにしても、れんげにとっては初めて聞く話だ。

詠美が、膝の上で組んだ手を強く握りしめたのが見えた。

「そうです。祖母が亡くなって、その葬儀でバタバタしている間にあんこが姿を消したんです」

祖母を亡くし、その上愛猫がいなくなったとあっては、詠美の心労はさぞ大きかったことだろう。

だが、詠美が言いたいのはそういうことではないようだった。

「祖母は亡くなる前ケアハウスに入っていたのですが、亡くなる前はよく子供の頃の話をしていました。その時に、鼻の下が白い黒猫を子供の頃から飼っていたという話を教えてくれたんです。まるであんこみたいやろって。その時は、そんな偶然もあるんやなぁくらいに考えていました。当時の写真もありませんでしたし……でも、昨日のことがあって思ったんです。あんこがもし本当に猫又なら、祖母が飼っていたのもあんこだったんじゃないかって」

三十二歳でも長命なのに、祖母の代から飼っていたとなると少なく見積もっても七十年近くは生きていることになる。

猫が七十年も生きるなど、現実であれば考えられないことだ。

「祖母の故郷は京丹後市なんです。加奈子さんかられんげさんが京丹後市に向かうと聞いて、何か分かるかもしれないと思って同行をお願いしました。あと、何か手がかりがあるかもしれないと思って祖母の遺品を調べたんです。そしたら……」

そう言って言葉を詰まらせた後、詠美は鞄の中から何やら包みを取り出した。包みの中に入っていたのは小さな寄木細工の箱だった。大きさだけで言うなら、指輪を入れるのにちょうどよさそうだ。

「やけに古そうやね」

詠美の隣に座る村田が、小箱を覗き込みながら言う。

詠美は意を決した様子で、その箱を開けた。中に入っていたのは、指輪などではなかった。

『れんげ様！　この箱嫌なにおいがしますっ』

箱のにおいをかぎながら、クロが狭い車内で騒ぎ立てる。

しかしそんなことは知らない詠美が、その箱を助手席のれんげに差し出してきた。差し出されては受け取らないわけにもいかず、れんげは蓋の空けられた箱を手にした。

箱の口から、何か黒い湯気のようなものが出ている。これがクロの言う嫌なにおいの正体なのだろうか。

れんげは湯気の奥を見ようと目を凝らした。

中に入っていたのは、黄ばんだボロボロの紙片だった。どうやら小さく折りたたまれているらしい。

木島神が詠美の肩かられんげの肩に飛び移ってきた。

『嫌な気がして当然じゃ。これは神を封ずるものじゃぞ』

「神を？」

思わず声に出ていた。

「れんげさん？」

詠美たちが不思議そうにしている。

れんげは慌てた。

「いえ、紙を入れるだけにしては立派な箱だなと思って」

なんとか誤魔化せたらしく、村田は本当にそうだというような話をしている。

安堵しつつ、れんげは目の前の箱に意識を戻した。

木島神は難しい顔で、箱の中を覗き込んでいる。

『どういうことじゃ。箱を開けるまで気配すらしなかった。こんな、こんな忌まわしいものを収めておったというのか』

木島神の言葉を聞いていると、箱まで含めて思った以上に恐ろしいもののようだ。

だが手にしたからには中を確かめないわけにはいかない。詠美もそれを望んでれんげに差し出したのだろう。

おそるおそる、収められた紙に手を伸ばす。

『触っても大丈夫？』

今度は声に出さないように気をつけながら、木島神に問いかける。

『人間であるお前ならば大丈夫だろう。だがクロには触れさせるなよ』

どうやら大丈夫であるらしい。れんげはごくりと息を呑み、箱の中から紙片を拾い上げた。

小さく折りたたまれていた紙片は、事前に詠美が確認したのか、最近開かれた形跡がある。確かに確認しなければ、詠美もこれが怪しいとは思わなかっただろう。

意を決して、れんげは手の中の紙片を開いた。

「なに、これ……」

それはおそらく、文字だった。

なぜおそらくという言葉を使ったかと言うと、その文字をれんげが読むことができなかったからだ。

漢字なのか平仮名なのかも分からないような文字が、かなり崩した状態で書き綴られている。

だがその中に一か所だけ、判別できる文字があった。

それは『猫神』という文字だ。

「猫神……」

猫神という存在を、れんげは知らない。

しいて言うならば、これから向かう金比羅神社の狛猫が、それに近いかもしれないと思う程度だ。

だがこの紙片を、木島神は「神を封じるもの」と断じた。

だとすればこれは——猫又ではなく猫神を封じるためのものということになる。

『違うな。この紙が呪の本体ではない』

木島神が訝しげに言う。どうやら猫神と書かれた紙が、神様を封じる力を持っているわけではないらしい。

どういうことだろうと箱の表面を撫でながら考え込んでいると、ふと箱の表面に引っかかりがあることに気が付いた。

寄木細工の表面は、普通寄木を纏めてやすり掛けするので滑らかなものだ。だが模様の一か所かと思っていた部分が、微妙に浮き上がっている。

れんげはもしやと思った。以前母がお土産で、寄木細工の秘密箱を貰っていたのを思い出したのだ。

それは辺りで、先ほどの引っかかりの部分を引っ張ると表面の板を横にスライドさせることができた。

だが、そこから先が分からない。あれこれ試してみたのだが、ちっとも仕掛けが解けない。

そこでふと、持ち主である詠美に許可を取ることを忘れていたことに気づき、板がスライドしたままの箱を後部座席に見せた。

「ごめんなさい。これ、先に進めて大丈夫ですか？」

「全然気づかへんかった。どうぞどうぞ、お願いします」

詠美は口元に手を当てて驚いていた。一方村田はといえば、子供のようにそわそわとし始める。

「そ、それ私が解いてもええですか？」

どうやらこういう玩具の類も村田の守備範囲内のようだ。本当に多趣味だなと思いつつ、れんげは解き途中の箱を村田へと渡した。

彼女は箱を手に取ると詠美に確認を取り、それからものの五分もしないうちに箱のしかけを解いてしまった。

先ほどまでのれんげの苦労が嘘のようだ。

「中は何が入ってるんやろ」

村田と詠美は、肩を寄せ合って箱に注目している。その様子を、れんげはミラーで確認していた。

「開けますね」

村田がそう言うのと同時に、後部座席からカタリという乾いた木の音がした。

「きゃっ」

狭い車内に、二人の悲鳴が響き渡った。

れんげは咄嗟に虎太郎の方を見た。この悲鳴で運転に支障が出はしないかと心配したのだ。

だが虎太郎は高速道路での運転に集中しているらしく、緊張した表情で前を見ていた。先ほどまでの会話すら耳に入っていなさそうだ。

とりあえずよかったと安心したものの、悲鳴をあげるようなものが箱に入っていたのかとぞっとした。

おそるおそる振り返ると、村田がすがるような顔でこちらを見ていた。

彼女が手にしている箱の中には、なにやら髪の毛のようなものが入っていた。

⛩ ⛩ ⛩

猫神なのか、猫又なのか。

そのどちらだったにしろ、あんこはただの猫ではないのかもしれない。

だが結局のところ、箱を開いてみても得られた情報は少なく、結論を出せるようなものではなかった。

詠美はひどく怯(おび)えた様子だった。

たしかに、自分の持ち物からあんなものが出てきては怯えもするだろう。

詠美たちに黒い靄は見えないし、あの箱がどんなものかは伝えていない。それでも、髪とはいえ人間の一部が出てきたら怖いと思うのは当然だ。

「そ、祖母は一体、なんのためにこんな箱を……」

誰に問うでもない詠美の呟きに、れんげは返事をするべきか悩んだ。

正直に木島神が言っていた神を封じるものだという話をしたところで、なんの解決にもなりはしないだろう。れんげですらわけが分からないのだ。話しても余計に彼女を混乱させてしまう気がする。

「ま、まあまあ。あんこちゃんのことと、この箱は無関係かもわからんし」

村田がなだめようとするが、詠美の動揺は収まらない。

「も、もしかしてばぁちゃんもあんこが食べちゃったんやろか。猫又って人を食べたりするんやろ？　ばぁちゃんはあんこに殺されたんかもっ」

昨日恐ろしい思いをしたからか、詠美の思考は暴走している様子だ。

れんげはうまい言葉の見つからない自分をもどかしく思った。

だがその時、村田が先ほどまでとは違う真剣な声で言った。

「それは違うよ。詠美さん」

村田は詠美と一緒になってあんこ猫又説を主張していたはずなのに、どういう心境の変化だろうかと不思議に思っていると。

「猫又はね、食べるなら体ごと食べるから、魂だけ食べることなんてあらへんよ」

真剣そのものの声音に、れんげは脱力してしまった。

詠美を慰めるつもりかと思ったが、全くそのつもりはないようだ。あくまで村田は村田で、それ以上でもそれ以下でもなかった。

詠美は唖然としている。

クロなどは感心しているのか目をきらきらとさせて村田を見ているが、詠美の気持ちを思えばれんげはとてもそんな気分にはなれなかった。

だが、詠美は詠美で慣れているのか、村田の不謹慎な言葉に怒ったりはしなかった。むしろそのおかげで肩の力が抜けたのか、しばらくすると苦笑して言った。

「なんや加奈子さんと話してたら、真面目に悩んでるのがあほみたいやわ」

「あほなんて失礼な」

「はいはい。ありがとうね。加奈子さんのおかげで気ぃが楽になったわ」

そう言って、詠美は慣れた様子で村田の頭をぽんぽんとたたいた。今までとの印象の違いに驚いたが、村田は普通にしている。どうやらもともと、二人の力関係はこちらが正解のようだ。

自分と同じように村田に振り回されているのではと思っていたれんげだが、その考えは修正した方がいいと感じた。

詠美は祖母の死と愛猫の失踪が重なり、随分とナーバスになっていたらしい。

「れんげさんも穂積さんもごめんなさいね。私すっかり取り乱してもうて」

謝られたが、虎太郎は運転に必死で会話は耳に入っていないようだった。

「気にしないでください。妖怪とか——よく分からないものは誰だって怖いですよ」

そう、れんげだっていまだに恐ろしいと思う。できるならば近寄りたくないが、向こうから来るのだからしょうがない。

それに、クロや木島神のように、喋ってみれば全然怖くない場合もある。もっとも彼らは一応神様に分類されているので、妖怪などと一緒にしたら怒られるだろうが。

『れんげ。お前今何か失礼なことを考えなかったか』

考えを呼んだのかなんなのか、妙に拗ねたように木島神が言った。内心で苦笑しつつ、れんげは別にと嘯いた。

⛩ ⛩ ⛩

無事京丹後大宮インターで高速を降りると、見渡す限り田畑と雑木林が続く、なんとも長閑な道だった。田んぼの刈り入れは終わっているが、山を開いた道なのか紅葉が綺麗だった。その後左坂トンネルを通過して、市街地に入る。

途中、虎太郎が行きたい場所があるというので寄り道することになった。地元のスーパーマーケットだ。

無事に用事を終え、いよいよ目的地へと向かう。

その途中でふと、詠美の肩に乗っていた木島神の体が大きくなっていることに気が付いた。

『なんか大きくなってない？』

他の三人に気取られないよう、心の中で話しかける。

『なんだと？』

『本当です！　大きくなってますよ木島様』

クロが尻尾をぶんぶんと荒らげて騒ぎ立てる。

木島神は驚いたように己の体を見下ろしていた。その大きさは、今では詠美の顔よりも大きくなっている。身長は三十センチに少し足りないくらいだろうか。それでも小さいは小さいのだが、元の大きさと比べると倍近い大きさになっていた。

『なんじゃ？　一体どういうことじゃ？』

よく見ると、その目も黒い昆虫のような複眼から、人間のそれになっている。

自分でも不思議なのか、木島神はその場でくるくると回っていた。

白い羽と触角は相変わらずだが、現在の体のバランスはぬいぐるみというよりもフィギュアに近い。

「どうしました？」

詠美に声をかけられ、れんげはどきっとした。一瞬、彼女にも木島神が見えているのかと思った。

だがそういうわけではなく、詠美はれんげがずっと後ろを見ているので不思議に思って聞いたらしい。

「ずっと後ろ見てると酔いますよ」

村田が訳知り顔で言う。

たしかにその通りだと思ったので、木島神のことはさておいてれんげは前を向いた。

峰山は長閑な町だった。市街地も繁華街というよりは、個人商店のようなものが多く感じられる。

今まで京都市内しか知らなかったれんげは、その牧歌的な風景に京都の別の一面を見た気がした。

途中トイレ休憩などもあったが、市内を出て二時間半後には無事金刀比羅神社に到着していた。

「あー気持ちいい――」

駐車場で、村田は大きく伸びをした。

一番若いはずの虎太郎は慣れない運転ですっかり消耗してしまったらしく、車から降りると、背中を丸めてまるで生まれたての小鹿のように体を震わせていた。

「お疲れ様」

それ以外にかける言葉が見つからず、れんげは虎太郎の頑張りをねぎらった。

村田や詠美も、それぞれに声をかける。

「ほんまおおきに」

「大変やったでしょう。少し休みましょうか」

ただでさえ相手が年上の美女二人ということで、虎太郎はたじたじになっていた。それを見ていると、れんげはなんだかおもしろくない。

『虎太郎殿も隅に置けませんな〜』

やっと退屈な車内から這い出せたとばかりにクロが上機嫌で揶揄うものだから、れんげの機嫌はさらに急降下していった。

嫉妬だなんてらしくないし、恥ずかしい。年下の女性に対抗意識を燃やすなんて自分をすり減らすだけだと思いつつ、ついついその光景から視界をそらしてしまう。

それがまるで現実から目を背けているようで、より一層居たたまれない気持ちにさせられるのだ。

「大丈夫です。それよりも目的を果たしましょう」

虎太郎は休憩を入れようという二人の気遣いを断ると、少し小走りになってれんげの隣に並んだ。

たったそれだけのことで、心が上向くのだから現金なものだ。

「ちょっとー、見せつけないでくださいよ」

背後では村田が不満そうな声をあげている。そこに詠美が控えめな笑い声を添えた。

「どうやらうちらは振られたみたいやねぇ」

「ちょ、勘弁してくださいよ」

動揺しているのか、虎太郎が上ずった声を上げた。以前なら確実に、村田たちの言葉が理解できず愛想笑いを浮かべていた場面だ。

そう言う意味では、虎太郎もれんげと同じように、ものの見方や考え方が変わったのかもしれない。それがいいことなのか悪いことなのか、それは分からないけれど。

感情の乱高下に辟易（へきえき）しつつ、れんげは金色がいると思われる木島社へと向かった。

⛩　⛩　⛩

正面からだと一見それと分かりにくいが、峰山のこんぴらさんこと金刀比羅神社の敷地は広い。なにせ敷地は、そのまま背後にある愛宕山（あたごさん）へと繋がっているのである。

まず道に面して、大きな鳥居がある。そこから参道が続いていて、山の手前の平らな敷地には細かい敷石が敷き詰められていた。

ようやく外に出られたとあって、クロはひどくはしゃいでいた。一方で木島神はといえば、なんだか落ち着かない様子だ。

記憶喪失になっても忘れることのなかった友に会えるかもしれないのだ。それも無理からぬことだろう。

向かって左手には立派な社務所があり、おみくじやお守りなどが売られていた。今月は紅葉祭というお祭りがあるらしく、そのポスターが貼られている。

「初めて来ました。一度来てみたかったんです」

先ほどのやりとりで緊張がほぐれたのか、なんだか憑き物が落ちたようなすっきりした顔で、詠美が言った。

「来てみたかった？」

どういうことかと不思議に思い、尋ねてみる。

ここはあくまで木島神の探し求める金色を探すために寄ったにすぎず、詠美とは関わりのない場所のはずだ。

だがそのあとすぐに、そういえば祖母の実家がここ京丹波市にあると言っていたことを思い出した。

「それは、お祖母さんからお話を聞いていたということですか？」

そう問いかけると、詠美は首を左右に振って否定した。

「祖母からこちらのこんぴら様の話は聞いたことがありません。ですが、ここは文化庁が認定する日本遺産『丹後ちりめん回廊』に登録されているんです」

「ちりめん回廊？」

聞き覚えのない単語に、れんげは思わず首を傾げた。

「聞いたことないですか？　丹後は国内屈指の絹織物の産地なんです。中でもちりめんが有名で。あ、ちりめんゆうんは織物の一種なんですけど」

着物に親しみのないれんげにとっては、正直ぴんとこない話だった。

「中でも、ここ峰山と近くにある加悦谷が、丹後ちりめんの発祥と言われています」

するとそこに、村田が首を突っ込んできた。

「もともとは、西陣で織られていた御召ちりめんが元だって言われてますけどね。門外不出だった製法が盗まれて、その後ここ丹後が一大産地になったんですよ」

「ちょっと加奈子さん」

村田の露悪的な物言いを、詠美が嗜める。

現代なら特許だ裁判だという話になるのだろうが、江戸時代にそんな概念は存在しない。後の祭りというやつだ。

「最初こそ西陣の製法を真似したものだったかもしれませんが、その後丹後ちりめんは独自の進化を遂げて、今ではたくさんの種類があるんですよ。加奈子さんだって分かってるくせに」

そう詠美が笑うと、村田は拗ねたように唇を尖らせた。

仕事をしている時は隙のない上司の顔をしているが、古い付き合いのせいか詠美の前では素が出るようだ。

「れんげさんも、グンゼってメーカーさん知りませんか?」

覚えのある名前だったので、れんげはすぐに頷いた。

「ああ、あのストッキングとかの」

れんげもよくお世話になっているメーカーだ。

「グンゼの初代創業者は波多野鶴吉という方なのですが、この方はもともとこの地方の蚕糸業組合の組合長だったんです」

「そうなんですか」

意外なつながりだ。同じ衣料品であるにも関わらず、グンゼに絹や着物を扱うようなイメージは持っていなかったれんげである。

「当時、京都で生産された繭は粗悪品だと言われていました。実際に、東京で行われた品評会で全国最下位だと酷評されてしまったんです。それを波多野さんが中心となって品質の向上に取り組み、パリ万博では金メダルを受賞したんですよ」

「それはすごいですね」

横から感想を述べたのは虎太郎だった。

ようやく運転の緊張から脱したらしく、凝り固まった体を伸ばしている。

「さすがお詳しいんですね」

事前に、虎太郎には詠美が西陣織の職人だと話している。もちろん、猫又疑惑のある猫の飼い主であるということも。

「それほどでも。仕事上織物のことは気になりますから」

「詠美さんはいつでも仕事熱心やもんね」

詠美は困ったように笑った。彼女もまた虎太郎や村田のように、好きなものに熱中するタイプなのかもしれない。詠美と村田の仲がいいのにもなんとなく納得がいく。

『そんな話はいいからから、早う先へいくぞ！』

しびれを切らしたのか、木島神が叫ぶ。それが聞こえるれんげと虎太郎は、思わず苦笑していた。

そのせいか村田と詠美の二人は、少しだけ不思議そうな顔をしていた。

⛩ ⛩ ⛩

参道をまっすぐに進むと、途中に小さな橋があった。下は池になっていて、その名も亀の池。

甲羅を干すためか、水面から突き出た岩の上には大量の亀がいた。一匹や二匹ではない。軽く見積もっても四十匹はいる。亀はめでたいというが、これだけいたら、めでたいどころではない気がする。

「うひゃー。すっごい亀」

一瞬考えていることが口から出たのかと思ったが、声の主は村田だった。なんだかやけに楽しそうだ。詠美の気分を盛り上げようとしているのか、それとも旅行気分で楽しんでいるのか、判断するのは難しいが。

詠美はといえば、恐れが解けたとはいえやはり少し緊張しているようだ。

もしかしたら、れんげが大層な儀式でもすると吹き込まれているのかもしれない。なにせ村田は、れんげのことをなんでもできる霊能力者だと思っている節があるからだ。

――その時だった。

『驚いた。長生きはするものだ。また再びお目にかかろうとは』

最初、それが誰の声が分からず周囲を見回してしまった。聞き覚えのない、しわがれた老人のような声だった。

『どうされた。長老よ』

そしてまた、別の老人の声がした。

『あちらにおわすは、天照御魂命。古の丹波の王。海部の祖神と心得よ』

何か重要なことを言われている気がしたが、その内容に全く頭がついていかない。

一体声の主はどこにいるのかと周りを探している内に、村田が歓声とも悲鳴ともつかない声を上げた。

驚いて、慌ててそちらに視線をやる。

すると村田は、目の前の亀の池の中を指さしていた。何事だろうとそちらに目をやると、先ほどまで好き勝手に日向ぼっこしていた大量の亀たちが、きちんと整列してまるで跪くように足を折っていたのだ。中には仰向けから戻れなくなり、それでも必死にもんどりを打つ亀もいるにはいたが。

「これはまた……」

「どういうこと？」

詠美もれんげも、驚きに声上げた。虎太郎はと言えば、あまりの驚きに言葉をなくしているようだ。

やがて亀の中から、特に大きなものが立ち上がり、首を極限まで伸ばして上を見上げた。その首の先には、こちらも唖然とする木島神の姿があった。

『天照御魂命？　それが儂の……名だと？』

それは、最高神である天照大御神を彷彿とさせる名前だった。天照御魂命と呼ばれた神は、わなわなとその小さな手を震えさせた。

『知らぬそんな名など！』

まるで癇癪を起した子供のように、木島神は叫んだ。だがその言葉に反して、小さかった体がみるみる成長し、見る間にバスケットボールほどのサイズにまで成長してしまった。白かった髪はまるで墨を垂らしたかのように鈍色に染まり、昆虫めいていた顔が一気に人間のそれに近づく。

れんげと虎太郎は、呆気に取られてその様子を見つめていた。

先ほどまでのどこか小旅行めいた雰囲気は、一瞬にして霧散してしまった。突然の出来事に、二人は息をつめて成り行きを見守っている。

一方で村田は亀が皆れんげの方を向いていると思ったようで、はしゃぎながら亀の整列を撮影したりなぜかれんげを拝んだりと忙しそうだ。詠美はと言えば、物珍しそうに亀の様子を見下ろしていた。きっと彼女の反応が一番普通なのだ。

そんな混乱のさなか、どこからともなくにーぁんという柔らかい鳴き声がした。

――猫だ。

己の変化に戸惑っていた木島神は、弾かれたように顔を上げた。

そしてその声の主を探し始める。体の大きさにそぐわない羽根をはためかせて、あっちへふらふら。こっちへふらふら。

れんげと虎太郎は顔を見合わせ、その後を追った。

と言っても木島神はまだうまく飛べないらしく、その移動スピードは人が歩く速度とそう変わらない。

橋を過ぎると、右側に神馬の像があった。

左側に手水舎が。村田と詠美はそちらへお清めに向かうが、れんげと虎太郎は木島神から目を離すわけにもいかず、そのまま足を進めた。

その先は石段になっており、行先は二手に分かれていた。

右側の石段の左右には立派な石灯篭が置かれているので、おそらくこちらが正規の参道だろう。

またしても、まるで誘うような猫の鳴き声が聞こえた。やはり先ほど聞いた声は間違いではなかったのだ。

木島神はふらふらと石階段の上を目指し始めた。その後にれんげと虎太郎、それにクロが続き、間を開けて村田と詠美がついてくる。

階段を踏み外さないようふと下を見ると、左の階段の登り口に看板が置かれていた。

デフォルメされた猫の絵も一緒だ。

母猫が子猫を抱えている図だが、母猫の方は『金』と書かれた前掛けをしていた。

金比羅神社の『金』だろうが、探している猫が『金色』なのでどうしてもそちらを連想してしまう。

看板には、猫の絵に吹き出しが描かれ、『ぼくはここにいるよ！』と書いてあった。

可愛らしいが、なんとも力の抜ける看板だ。

行く先に待っているのがこんなにかわいい性格の相手ならいいがと、今まであやかしに苦労ばかりさせられてきたれんげは思うのだった。

『あまり強そうではありませんな』

看板を見ながら、なぜか残念そうにクロが言う。強そうでなくて大いに結構。平和が一番だ。

『金色、どこだ？　どこにいる……』

まるで迷子の子どものように心細そうな様子で、木島神は呟いた。彼が向かったのは右手の階段だ。猫の声を聞き逃さないよう息を殺しているれんげたちを、村田と詠美が訝しんでいるのが背中越しに伝わってくる。

だが木島神の声は余りに寂し気で、れんげはとてもではないが声を出して彼の邪魔をする気にはなれなかった。

いなくなった誰かを探す必死さ。涙が出そうなその切実さ。れんげにも大いに身に覚えがあるものだ。

まして、この金刀比羅神社に木島社が勧請されてから既に二百年近い時が経っている。いくら神が無限に近い時間を生きるとはいえ、その別離がもたらした打撃は小さくはなかったということなのだろう。

己の名すら忘れても、金色のことを忘れずにいた木島神を思うと、れんげの胸はしくしくと痛むのだった。

最初に頼まれた時は、また面倒ごとを頼まれたと思った。できるならどうにか断れないかとも思ったが、木島神に協力することであんこ探しの手がかりになるのならと、仕方なしに受けた依頼だった。

だが今では、そんなことは関係なしに金色が見つかればいいと願っているれんげがいる。平泉でクロと離れ離れになり、京都に戻って途方に暮れていた時の自分とどうしても重なるのだ。

誰かを恋しいと思う気持ちに、人も神も関係ない。まして、自分を救ってくれた相手だというのならなおさら。

そこまで考えたところで、れんげは思わず虎太郎を見た。

何か深い意味があったわけではない。ただ吸い寄せられるように、視線が引きつけられたのだ。

虎太郎はれんげの視線に気付くことなく、とても心配そうな顔でふらふらと飛ぶ木島神を見つめていた。分厚い眼鏡に太陽の光が反射している。

れんげはつい物思いにふけりそうになる自分を叱咤した。まだ何も終わってはいない。金色を見つけることすらできていないのだ。

過去を思い返すには早すぎる。

れんげは目の前の石段に意識を戻した。地図によると、どちらの階段からでも木島社に行くことができるようだった。

階段の上には朱色の鮮やかな神門（しんもん）があり、それを取り囲む木々が紅葉で彩りを添えている。敷地はかなり広く、生い茂る木々と地面の傾斜で視認性は著しく悪かった。こんな場所でたった一匹の猫を本当に探し出せるのか。

ただでさえそんな状況であるにもかかわらず、石段を登りきると参道は左に折れていた。そこからまたすぐに右。

こんな風に参道がジグザグに折れているのは珍しい。

石段を登り終えると休憩所のようなところがあり、さらに奥に階段が続いていた。一か所一か所はそれほどでもないのだが、階段が続くとどうしても息切れがしてくる。二人は黙って階段を登った。

そしてその静けさに、妙だということに気付く。

いつの間にか、背後から村田と詠美の気配が消えていたのだ。不思議に思い振り返ってみると、そこに二人の姿はなかった。

「え？」

思わず声が出る。

「どうしたんですか」

隣を歩いていた虎太郎も、れんげに釣られて振り返った。そして同じように、言葉をなくす。

「嘘。さっきまで二人ともいたわよね？」

「戻ったんでしょうか？」

そう口では言いつつも、この事態があまりにも奇妙であると二人は気づいていた。なにせ本当についい先ほどまで、その息遣いが聞こえるほど二人の気配は近くにあったのだ。それがこんな風に、突然消えることなどあるだろうか。

人ごみの中ならば分かる。近くを歩いているのにはぐれるということはあり得るかもしれない。

だが今のところ、目に見える範囲にいる人間は虎太郎だけだった。他に視界に入るのは、クロと木島神ぐらいのものである。

そして二人を探すために立ち止まるのと、木島神が叫んだのはほぼ同時だった。

『金色！』

羽をはためかせて、木島神は不器用に飛んでいく。

木島神が向かった方を見ると、そこには一匹の優美な黒猫がいた。聞いていた通り、その目は確かに黄金色だ。

木造りの小さな祠の前には、画像で見ていた狛猫が向かい合って並んでいた。左が阿。右が吽。口を開けた左側の猫は、右足の下に子猫を抱えていた。

黒猫がいるのは、狛猫たちのいるちょうど中間だ。祠の前に、まるで最初かられんげたちが来ることを分かっていたかのように、猫はその場に座っていた。

『ああ、本当にお前なのだな』

木島神はまるで墜落するように下降して、黒猫の前に降り立った。

黒猫はじっと木島神を見つめている。

『思い出したよ。お前の名は金色姫。天竺より蚕を運んだ不遇の姫であったな』

木島神は涙ながらに言った。

すると金色姫と呼ばれた猫は、みるみる若い女性の姿になった。その髪は黒くつやつやとしていて、目は猫であった時と同じ黄金色だ。

姫は異国風の鮮やかな着物を纏い、長い絹の領巾を垂らしていた。

金色姫とは雄略天皇の時代に、天竺から日本に流れ着いて養蚕を広めたという、伝説の姫であった。

天竺に霖異という大王の子として生まれた金色姫は、母である王妃の早逝により継母と共に暮らすこととなる。

大王の後妻は聡明な金色姫を疎んじ、四度にわたって暗殺を企てた。

一度目は獅子の住まう山に捨てたが、姫は獅子に乗って帰ってきた。

二度目は鷹の巣くう山に捨てたが、これも鷹に助けられ無事帰った。

三度目は孤島に流したが、漁師が助け帰ってきた。

四度目は宮廷の庭に穴を掘り、そこに姫を生き埋めにした。ところがその後地中から光が差し、王がこれを掘ると金色姫が現れた。

大王は王妃から姫を逃がすため、うつぼ舟に乗せて海に流した。舟は常陸の国に流れ着き、姫は漁師夫婦によって助けられたが、間もなく亡くなったという。姫の亡骸は蚕となり、その蚕が吐いた繭から美しい織物ができた。

茨城県から始まったとされるこの金色姫信仰は、養蚕の広がりとともにその後各地に広がった。

かつてこの京丹後市でも、蚕の四度の脱皮をそれぞれをシシ（獅子休み）、タカ（鷹休み）、フナ（船休み）、ニワ（庭休み）と呼び、金色姫伝説が基になっていると思われる。

金色姫は黙って微笑むと、口から白い糸のようなものを吐き始めた。れんげも虎太郎も、とっさのことに反応もできず、じっとその様子を見つめる。

金色姫の吐き出す糸は、しゅるしゅると木島神を取り巻き、あっという間にバスケットボールほどの繭を作り出してしまった。

もの言わぬ繭になってしまった木島神を、れんげは唖然と見下ろす。

やがて金色姫は、出来上がりとばかりに糸を吐き終えると、その場の背景に薄く溶け始めた。輪郭が曖昧になり、今にも消えてしまいそうである。

れんげははっとした。茫然としている場合ではない。れんげたちの目的は金色ではなく、金色が知っているというあんこの行方なのだから。

「待って！」

れんげが叫ぶと、これまで木島神のみを見つめていた金色姫が、ようやく顔を上げた。その金色の瞳と目が合うと、思わずたじろいでしまう。

だが、このままいなくなられてはたまらない。れんげは言葉を続けた。

「私たち、あんこって猫を探しているの！　あなた何か知ってるんでしょう⁉」

慌てていたせいで、思わず詰問(きつもん)するような口調になってしまった。

だが金色姫は怒る様子もなく、口元に笑みを浮かべたまままれんげを見つめる。

なぜかその笑みに、背筋がひやりとした。それは感情のない笑みだった。その笑みに見つめられると、まるで金縛りにあったように身動きが取れなくなる。

れんげは必死に手を伸ばした。

脳裏に、詠美の悲しげな顔がちらついた。

このままでは、せっかくここまで来たのが無駄足になってしまう。あんこが本当に猫又かもしれないと怯えていた詠美だが、何も手がかりが得られなかったと知ればがっかりするだろう。

あんこを失って仕事も手につかないほど落ち込んでいる彼女を、れんげはクロを探して必死になっていた頃の自分に重ね合わせていた。

でなければ、村田の意向とはいえわざわざこんなところまで来たりしない。

『く……の』

その時、かすかな声が聞こえた。

空耳かもしれない。でも金色姫の口は、たしかにそう動いた気がした。

『くまの』

「くまの？　くまのって言ったの!?」

れんげは必死に聞き返した。

その声に反応したのか、金色姫の笑みが深くなった。そしてその細くて白い指が、あらぬ方向を指さす。社務所のある方角だ。

まったく意味が分からない。

そしてそれ以上何も言うことなく、金色姫は空気に溶けるようにしてその場から消えてしまった。

残ったのは、ころりとした大きな白い繭。

れんげは思わず、その場にしゃがみ込んでしまった。

「れんげさんっ」

『れんげ様！』

虎太郎が駆け寄ってきて、背中を支える。

何が起きているのか、皆目見当がつかなかった。人ならざる存在に振り回されるのには慣れているが、だからといってうまく対処ができるわけでもない。

震える手で、れんげは目の前の大きな繭に触れた。

それは思ったよりも固く、まるで外敵から身を護っているかのようだった。一体木島神はどうなってしまったのだろう。そう思うと不安で胸が塞いだ。

木島神は特に抵抗する様子は見せなかったが、それは余りにもあっという間に、繭でくるまれてしまったからかもしれない。

これがあの神にとって喜ばしいことなのか、それとも悲しいことなのか、それすらも分からない。

再会を無邪気に喜んでいた木島神を思うと、どうしていいか分からない気持ちになった。まともに言葉を交わすこともなく、用は済んだとばかりに金色姫は去ってしまったから。

拾い上げた白い繭は、うんともすんとも言わない。

木島神の意識はどうなっているのだろう。無理に繭を壊していいものか、見当がつかない。

「こ、虎太郎も今の見た？」

見上げた虎太郎の顔は、れんげではなく虚空を見ていた。その視線は、先ほどまで金色姫がいた辺りを凝視している。

一拍後、反応があった。

「え、ああ。ええと、なんですか？」

どうやら虎太郎も何かに気を取られていたようだ。心なしか、その顔色は血の気が失せているように感じられた。

これ呆気に取られている場合じゃないと、慌てて立ち上がり虎太郎に向き合う。

「ねえ、顔色が悪いけど大丈夫？」

金色姫の登場に驚いたのかとも思ったが、今まで安倍晴明（あべせいめい）や恵比寿神を見てもここまで動揺しなかった虎太郎のこの反応は妙だ。何か自分が気づかなかったものを見たのかもしれないと、確かめようとしたその時。

「どうしましたか？」

後ろから声をかけられ振り返ると、そこには消えたはずの村田と詠美がなんでもない顔をして立っていた。

何がどうなっているのかと、れんげは頭を抱えたくなった。

⛩ ⛩ ⛩

村田たちに先ほどの出来事について話し合ってみると、不思議なことに村田と詠美の二人は、れんげたちとはぐれてなどいないと証言したのだ。

こちらの認識では確かに、階段を登り終えたところで後ろにいたはずの二人が姿を消したはずなのに、村田たちは一度もれんげたちを見失ってはいないという。

この二つの意見は、明らかに矛盾する。

通常であれば相手が嘘をついているのかと疑うところだが、先ほどの奇妙過ぎる出来事を思えば、とても嘘だとは思えない。

何より、二人にはそんな嘘をつくメリットなどないのだ。

木島社から参道を挟んで反対側に置いてあるベンチに座りながら、四人は話をすり合わせる。

「じゃあ、お二人は私たちを見失ったって言うんですか？　完全に？」

嫌味というわけではなく、本当に不思議そうに村田が聞いてくる。

れんげは頷くと、一体どこまで村田たちに話すべきだろうかと悩んだ。

そもそもここに来た理由についても、あんこの手がかりを得られるかもしれないからとしか二人には伝えていない。

「そういえば……」

その時、何かを思い出したのか詠美が呟いた。

「階段を登っている途中で真っ黒い猫が通り過ぎたので、二人でそちらに気を取られていました。私は特に——あんこかもしれないと思ったので」

あんこの特徴は、真っ黒い体に鼻の下が白くなっていることだ。一見金色姫と似ているように見えるが、その目は金というよりグリーンに近い。

そしてれんげは、その猫こそが金色姫のような気がしていた。れんげたちを分断するつもりで、村田たちの前にも姿を現したのではないかと。

「それにしても……そのボールはどうしたんですか？」

村田が言う。

その視線はどう見ても、れんげが手にしている繭に向けられていた。

「え、見えるの？」

れんげは思わず問い返してしまった。

木島神が見えなかったので、まさか繭が見えるなんて思いもよらなかったのだ。

「これは……」

そう言って、詠美が手を伸ばしてくる。

彼女はこわごわとれんげの持つ繭に触れた。

「繭、ですか？　でも、玉繭にしても大きすぎる……」

詠美は明らかに戸惑っているようだった。当たり前だ。蚕の繭がこんなに大きいはずがないのだから。

「玉繭？」

「二頭以上の蚕が一緒に作った繭を言います。当然普通の繭よりも大きくなるのですが、これはその比じゃないですね」

繭の表面は白くごつごつとしていて独特だ。

明らかに異質な存在に、詠美は困惑しているようだった。

クロはくんくんと、繭のにおいをかいでいる。そして悲しそうに首を振った。

『木島神様のにおいはしないです』

一体何がどうなっているのか。分からないことばかりだ。

「それじゃあ、とにかく本殿をお参りしますか」

村田が、四人の間に漂う微妙な空気を払拭するかのように、明るい声をあげる。

確かに、ここまで来て本殿にお参りしないというのは、祀られている神様にも失礼に当たるだろう。

そう思い、四人は石段を登って本殿へと向かった。

虎太郎はずっと黙り込んだままだ。顔色は多少ましになった気がするが、ずっと厳しい顔をしている。

「大丈夫？　気分が悪いなら車に戻ろうか？」

一応そう声をかけたが、力なく笑って首を横に振るばかりだ。その態度に違和感を覚えたが、本人が嫌がっているので車に連れて行くわけにもいかない。

幸い石段を登ると、すぐに本殿にたどり着くことができた。落ち着いた風情のある立派な神社だ。

繭を持ったまま本殿に手を合わせる。ご利益は様々あるが、れんげとしては厄除けを一番にお願いしたかった。自分に起きている出来事を、厄という一言でまとめていいのかは分からなかったが。

そして、今度は何かおかしな出来事が起こることもなく、四人は無事お参りを終えることができたのだった。

絵馬舎にベンチが並んでいたので、そこに腰を落ち着けるとあらためて何があったのかを説明することにした。

木島神のことは説明してもしょうがないので、あんこの行方を知っているかもしれない猫又がいると聞いて、この金比羅神社までやってきたこと。

そしてはぐれているわずかな時間に、れんげたちは実際にその猫又らしきものに遭遇したこと。

金色姫と呼ばれる名のその猫又は女神の姿になり、糸を吐いて繭を作り出したこと。最後にあんこの行方を尋ねると、『くまの』と呟いて作務所の方角を指さして消えたこと。

人に話すことで、れんげ自身も先ほどの出来事を整理することができた。

「神様が糸を吐くなんてこと、あるんでしょうか」

村田は話そのものは疑わなかったものの、別のところで引っかかっているらしい。

「神様が口から糸を吐くという話はありますよ。『日本書紀』では、天照大御神が口に繭を含んで口から糸を抽いたのが、養蚕の起こりだと言われています」

天照大御神は日本神話の最高神である。

それほどその歴史は古く由緒正しいということなのだろう。

「それにしても、『くまの』ですか……」

詠美は金色姫が糸を吐いたことよりも、彼女の発した言葉の方が気にかかるようだ。

「『くまの』というと、あの熊野ですかね？」

村田は首を傾げていた。

言葉の通りに受け取るなら、熊野古道で有名な熊野のことだろう。和歌山県と三重県にまたがる地域が、その名で呼ばれていたはずだ。

同じ近畿地方とはいえ、今いる丹後とでは本州のちょうど向こう側の距離である。

そして詠美の飼っていた猫が熊野にいるというのは余りにも妙だ。猫とはいえ妖怪だから何か因縁でもあるのだろうか。

「熊野は猫又の産地だったりするんでしょうか？」

村田は真剣に考察しているが、そんな話は聞いたことがない。そもそも猫又の話自体、話題に上ることはそうないのだが。

「それにおかしいですよね」

「え？」

全員の視線が、村田に集中する。

「金色姫様は、あちらを指さしたんでしょう？」

そう言って、彼女は作務所の方角を指さした。絵馬舎は金色姫がいた場所から東に階段を登っただけなので、西を指さしていた金色姫と方向は変わらない。

れんげが頷くと、彼女は少し考え込むような仕草をした。そうしていると、本当におしとやかなただの京美人にしか見えない。

「和歌山の熊野であれば東を指さすはず。けれどあちらは西……日本海の方向です」

その言葉に、その場に居る者たちははっとなった。確かにその通りで、であるならば金色姫の言葉が和歌山県の熊野を指すはずがないのだ。

「あっ」

その時、何かに気付いたように詠美が声を上げた。彼女は手のひらで口元を抑えながら、自分の中で確認するように呟いた。

「あっちの、京都の西の端に、熊野郡という場所があるはずです。そこが祖母の故郷ですから」

詠美の言葉に、四人は顔を見合わせたのだった。

虎太郎の甘味日記　～いととめのぼたもち編～

金刀比羅神社に向かう途中、虎太郎にはどうしても買いたいものがあった。

それは京丹波市大宮にあるスーパーマーケット。「ＹＡＭＡＳＨＯいととめＥＡＴ店」で売られている『いととめのぼたもち』だ。

全国区のテレビで紹介されたらしく、ＳＮＳ上でも話題になっていた。虎太郎はその番組こそ見ていなかったものの、いつものように和菓子を求めてＳＮＳを巡回していてぼたもちのことを知ったのだ。

だが住んでいる伏見区から京丹波市は遠く、ネットショップはあるものの販売が開始されると即売り切れの状態なので、手に入れることは半ば諦めていた。

だからこそ今回偶然れんげの目的地が京丹波市ということで、近いのならば是非にと思っていた。

もちろん、それが理由で運転手を買って出たわけではない。同行を決めたのは、またれんげが一人で危ないことをするんじゃないかと心配だったからだ。

ぼたもちのことがなくても、きっと同じように同行を申し出た。それは間違いない。でも近所を通るなら、どうしても食べてみたい。その欲求は避けられなかった。というわけで同乗する三人に許可を得て、ちょっと寄り道させてもらったのだ。

なぜ帰りではいけなかったと言うと、午前中で売り切れてしまうこともあるという口コミを見たからだ。予定が立たない旅路だったので、叶うなら午前中のうちに行きたかった。

実際目的地についてみると、喜んだのはれんげの方だった。

というのも、YAMASHOは普通のスーパーと比べて、お酒の品ぞろえが尋常じゃなかったからだ。

丹後地方には多くの酒蔵があるので地酒はもちろん豊富だが、焼酎やワインなども大量に並べられていた。

日本酒バーでバイトしていたので、その品ぞろえの多さは虎太郎にも分かった。

建物は木造で、スーパーというよりは土産物の多い道の駅といった様相だ。だが品ぞろえは予想外に輸入品が多く、天井からぬいぐるみがぶら下がっていたりとかなり変わっている。

店内ではローカル局のラジオ番組が、十年近く前にリリースされた懐メロを流していた。虎太郎が中学生の頃に流行った曲だ。初めて来た場所なのに、なぜだかノスタルジックな気持ちになった。

虎太郎はその総菜売り場で無事、目的のぼたもちを発見した。ぼたもちの隣には串焼きのさばが売られていて、かなり驚かされたが。

ラミネート加工のポップには、丹後産の新羽二重と北海道産小豆使用と書かれている。透明なパックに入れられたぼたもちは、小豆の粒が大きく残っており手作り感が強い。その素朴な見た目が食欲をそそる。

虎太郎は早々に買い物を終え、外に出た。他の人も食べるかもしれないので五個入りを買った。もし食べなかったとしても、外は肌寒いほどなのでそう悪くはならないだろう。

ちなみに女性陣は、自分用のお土産にお酒を買って帰るつもりらしい。

外に置かれているベンチに座り、食べるための場所を確保する。手作りなのかベニヤで作られた国民的アニメキャラクターの看板が並んでおり、その愛らしさに思わず口元が緩んでしまった。

パックを開けて割りばしでぼたもちを一つつまむ。かなり柔らかく、箸でつまむのに苦労した。もち米をあんこでくるんでいるというよりは、上からあんこをかけているという表現が正しいのかもしれない。あんこの下から白いもち米が覗いていた。

焦る気持ちを抑えて口の中に入れると、口の中にほのかな甘みが広がった。慣れない運転の疲れにその甘さが染みる。

とはいえ甘さはかなり控えめだ。あんこにはテンサイ糖を加えて作っているそうなので、そのせいかもしれない。これなら辛党のれんげも食べやすいだろう。少し塩も入っているらしく、それがあんこの甘みを増幅させている。

なるほど評判になるのも納得の味だ。おいしい。どんどん次が食べたくなる。

そういえば、地方によっては砂糖を使わない完全に小豆と塩だけであんこを似たおはぎというのも存在するそうだ。

存在は知っているが一度も食べたことがないので、機会があれば食べたいと虎太郎は思っている。

あっという間に一つ平らげて、残り四つまでも食べつくしたい気持ちを我慢していると、ちょうど女性陣がスーパーから出てきた。

その手には、重そうな日本酒の瓶を下げている。

どうして気づかなかったのかと、虎太郎は慌てて立ちあがった。日本酒を買うと分かっていたのだから自分が荷物持ちとして同行すべきだった、と。

だが、慌ててももう遅い。もともとの口下手が災いして、れんげ以外の二人がいる状況では声をかけるのにもなかなか勇気がいる。

なにせ、車中でも碌に発言できなかったくらいだ。

するとぼたもちのパックと箸を手に立ち上がったのがおかしかったのか、やってきた三人はくすくすと笑い始める。

羞恥を覚えつつ三人にぼたもちを差し出すと、全員が嬉々として食べてくれた。

ちなみに余ったひとつは、クロと木島神が分け合って仲良く食べていた。

自分で全部食べてしまうよりも、こうして分け合って食べる方がなんだか楽しい。

虎太郎はそんなことを思った。

この時はまだ、自分に何が起こるかなんて予感すらしていなかったのだ。

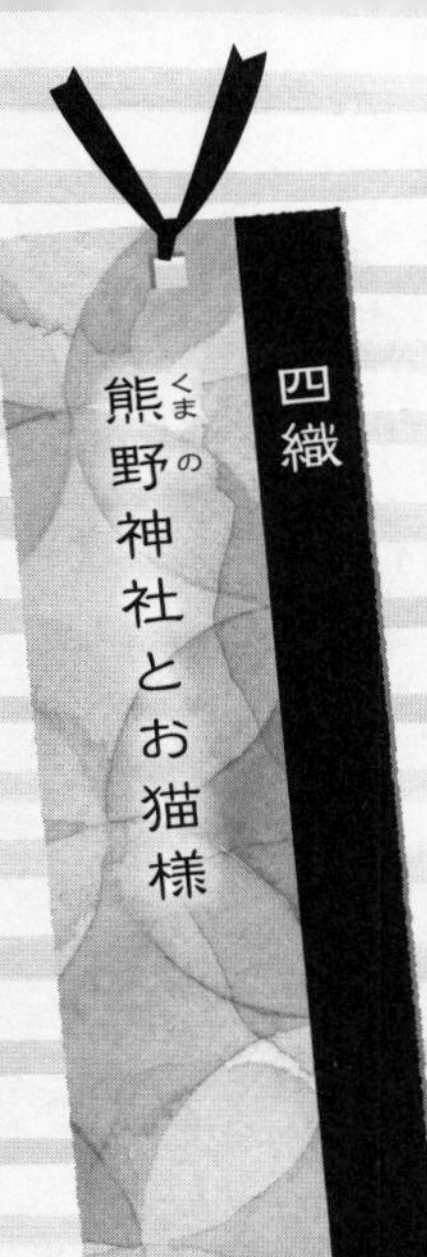
四織
熊野（くまの）神社とお猫様

カヨはもう、小さな子供ではない。人間の時間は刻々と過ぎていく。まるで流れる川のように、どんなにあがいても留まることはない。

時が経つと、カヨはアタシとの別れに怯えるようになった。本来ならば私の宿る石は、一年でお山にお返しする決まりだからだ。

けれどカヨは、ずっとアタシと一緒に居たがった。

猫としての生活が気に入っていたアタシは、お山に帰れないことをそれほど問題だとは思っていなかった。

子供が宝物を隠すようなものだ。いつか彼女が大人になったら、アタシとの日々など自然と忘れてしまうだろう。

そういうわけで、一年を過ぎて二年を過ぎ、十年を過ぎてお山に帰れなくともまだ暢気に構えていた。

だがそうしていられなくなったのは、カヨが郡の外へ嫁ぐことが決まり、いよいよアタシと離れたくないと泣いて暮らすようになってからだ。

さすがにアタシも、お山から遠く離れた地ではこの姿を維持することはできないだろう。彼女が嫁いだら、アタシは再び石くれの中で眠りにつく。

そうなるものだと、思っていた。

嫌な予感はきっと、少し前から始まっていた。

とんと珍しくなった旅の行者に、彼女は何かをしきりに尋ねていた。

それは余りにも鬼気迫る様子で、嫁入り前の娘が何をしているのかと親親戚に止められるくらいだった。

娘の奇行を危ぶんだのか、両親は娘の嫁入りの予定を早めることを決めた。

そしてそれが前日に控えた今日。

彼女は小刀を持って、なんとも鬼気迫る様子で私の前に立っていた。

⛩ ⛩ ⛩

自分も詳しい場所までは知らないのだが。そう前置きして、詠美は言った。

祖母の実家も、その熊野郡にあった。もっとも、現在では京丹後市の一部となっており、その名が使われることはないのだが。

れんげたちは現在、熊野郡に向かって再び車中の人となっていた。

金色姫の言った『くまの』がその熊野郡のことで、なおかつあんこにそっくりな猫を飼っていたという詠美の祖母の故郷だというなら、あんこの行方が分かる可能性が高い。そう判断したからだ。

金刀比羅神社のある峰山から熊野郡までは、車でおよそ三十分の距離だ。京都最西端の地であり、それより西は兵庫県となる。

車窓には長閑な風景が続いていた。

空はよく晴れていて、こんな状況でなければ、絶好のドライブ日和だと喜んだかもしれない。

れんげは、木島神が入っている繭を抱えて不安な気持ちを隠せずにいた。

木島神が繭にされてしまったことももちろんだが、金色姫に遭遇してからこっち、虎太郎の態度がどうにもおかしいのだ。

彼は終始硬い表情をしていて、普段にもまして言葉少なだ。体調が悪いのなら休もうと言っているのだが、大丈夫だからと押し切られてしまう。

こんな時、自分に免許があったらせめて運転を代わることができたのにと、れんげは悔しい思いをしていた。

村田と詠美は免許を持っているので代わろうかと提案してくれたが、それも受け入れない。どちらかといえば押しに弱いタイプである虎太郎のかたくなな態度に、村田も少し訝しんでいる様子だった。

詠美には悪いが、れんげはこのまま虎太郎を連れて家に帰りたいとすら思っていた。あんこはまだ見つかっていないが、元より見つかる保障などないのだ。それよりも、今は様子のおかしい虎太郎の方がれんげには気がかりだった。

詠美もいよいよあんこに会えるかもしれないと緊張しているのか、口数が少ない。

そんな気まずい空気の中で、れんげたちはかつての熊野郡に入った。

とはいえ、熊野郡は広い。どこに行くべきか決めていなかったので、車はしばらくの間目的もなく走り続けていた。

とりあえずここに来るまでに使った国道312号を走り続けていると、突然後部座席にいた詠美が声を上げた。

「この先に二股に分かれる道があるはずです！　そこで右に曲がってくださいっ」

この声には、車中の誰もが驚いてしまった。

なにせ詠美は、最初に土地勘がないと言っていたからだ。

だがしばらく走ると、詠美の言う通り二股に別れた道に出くわした。虎太郎は戸惑いつつ、慎重に右折する。

詠美は突然大声を出したことを謝罪しつつも、どこか気もそぞろな様子だ。

「詠美さん、急にどうしはったん？」

村田がその理由を尋ねるが、詠美は窓の外の風景を見るのに夢中で生返事しか返ってこない。

道が細くなり、家々が密集する区画に入った。小さな橋を渡り、詠美の希望で再び道を曲がる。

そこから少し走ると、一転して視界が開けた。家屋もなくなり、やけに綺麗に整備された道路が寂しく続いている。その道の突き当りまでやってきてようやく、ここがなにがしかの公園であることが窺い知れた。広々とした芝生の向こうに、小高い山と湖を望むことができる。

詠美の希望に従い、虎太郎は駐車場に車を止めた。すると完全に駐車するのが待ちきれないとばかりに、詠美が車を飛び出していく。

「詠美さん⁉」

これにはさすがの村田も驚いて、慌てて詠美の後を追った。その後に、れんげと虎太郎も続く。

強い風が吹いていた。向かい風だ。空は晴れているとはいえ、冷たい風に吹きつけられれば凍える季節である。

広々とした芝生の公園を駆け抜けると、その先は湖だ。詠美はコンクリートで固められた湖岸までくると、そこでようやく足を止めた。全員が息を切らせつつ、その場に立ち止まる。

山々に囲まれた湖はまるで海のように広々としていた。向こう岸が見えないせいだろう。見ると、そこには小さな船着き場のようなものがある。

「風強いなぁ」

村田は詠美を問い詰めるでもなく、まるで観光に来たかのような気軽さでそう呟いた。肝心の詠美はといえば、こちらに背を向けてじっと水面を見つめている。

『どうしたのでしょうか?』

　さすがのクロも、詠美の突然の暴走には驚いているようだ。れんげはその言葉に心の中で同意すると、手にしていた繭を車に置いてきてしまったことに気が付いた。

　ここ久美浜湾は、砂州によって日本海から隔たれた所謂（いわゆる）潟湖（せきこ）だ。天橋立（あまのはしだて）が近くその地形と似通っていることから、小天橋とも呼ばれ景勝地として名高い。

潟湖とはいえ、海は海。水辺はまだ見えないけれど、かすかな潮の匂いが鼻孔をくすぐる。

　どれくらいそこにそうしていただろう。

　詠美はぽつりぽつりと、先ほどの暴走の理由を話し出した。

「私、ここに来たことがあるみたいやわ」

　妙な言い回しだ。自分のことだというのに、どうもはっきりしないらしい。

「え?　詠美さんお祖母さんのご実家のことは詳しく知らへんのやなかった?」

　村田が問い返す。確かに先ほど、詠美は自身で知らないと言っていたはずだ。

　そしておそらくそれが、『みたい』というなんとも曖昧模糊（あいまいもこ）とした表現に繋がっているのだろう。

「何気なく窓の外を見とったら、すごく見覚えがある気がして……。こっちに来たら海があるはずと思ったら、本当にあったわ」

詠美自身も、自らに起こった現象に困惑しているようだった。その証拠に、彼女の視線は相変わらず水平線の向こうに固定されている。

「でも……夢で見た景色なんよ。本当にあるとは思わんくて」

「夢、ですか」

れんげは思わず問い返した。

「それってもしかして、さっき言ってはった夢？　でも、内容はよく覚えてないって……」

村田の問いに、詠美はおずおずと頷いた。

「ここに来て、思い出したんです。私がどんな夢を見ていたのか」

以前のれんげであれば何を馬鹿なと思ったことだろう。

だが、夢の中で見知らぬ光景に出会うことは、最近往々にして自分によく起こる出来事なので、詠美の夢も何かの手がかりになるのではと考えた。

「どんな夢だったのか、教えていただけませんか？」

れんげの言葉に、詠美はようやく水平線から視線を外して振り返った。

その時、びょうと海風が吹いて水面に小さな波が立った。れんげたちは思わず身構える。十一月の風は体を刺すように冷たい。

「とりあえず、車に戻りましょ。寒くてかなわんわ」

上着の襟元を掻き合わせつつ、震える声で村田が言った。

⛩⛩⛩

話をするために車に戻ると、そこで新たな事件が発生した。

「どういうこと⁉」

助手席に置いていったはずの木島神の入った繭に、ぽっかりと大きな穴が開いていたのだ。そしてその中身は空っぽだった。

思わず悲鳴を上げたれんげに、他の三人の視線が集中した。後部座席に乗り込もうとしていた詠美が、れんげの脇から助手席を覗き込んでくる。

「え、羽化したん？」

繭の中身が空である以上、考えられる可能性はそれだけだろう。

その後、四人と一匹は狭いレンタカーの車内をくまなく探した。羽化した成虫がどこかにいるのではと考えたからだ。

だがどれだけ探しても、繭から出たと思われる木島神が見つかることはなかった。

『れんげ様。木島様の匂いは車の外で途切れております』

鼻をつかって捜索していたクロが、悲しそうに尻尾を垂れている。

どこにいるのか分からないのは不安だが、見つからないものは仕方ない。四人はなんとなく腑に落ちないものを感じながら車に戻った。体がすっかり凍えていたので、暖房を入れて温まる。

姿を消した木島神のことも気になるが、今は詠美の話を聞くのが先決だ。

「詠美さん。さっきの夢の話を詳しく聞いても？」

れんげが問うと、詠美は緊張した面持ちでこくりと頷いた。

「その夢を見るようになったんは、あんこがいなくなった後なんです。ここに来るまで、ほとんど忘れてました」

「それで、どんな夢なんですか？」

「私は子供で、何かとても焦った気持ちでいるんです。『あの子ら護らんと』って、そればかり考えていて……」

「あの子らというのは？」

「それが分からないんです。ただ、そのことにばかり必死で、私は夜道を一人で歩いているんです。それが多分、この辺りだったと」

詠美は自信なさげだった。たしかに、夢だと思っていた出来事を確信を持って話せというのは難しいことだろう。

それにしても、詠美の話には謎が多い。

「ここに来るまで、あの夢の場所が現実にあるなんて思ってもみませんでした。夢の中では道も舗装されていないあぜ道で、街灯もないただただ荒涼とした場所だったんです。ここもこんなに綺麗な公園やなくて。道沿いの建物も違っていましたし……」

詠美は自分の記憶と照らし合わせるようにぶつぶつと呟いた。

そんなに違っていたのなら、どうして同じ場所だと分かったのだろうか。

だがそれを尋ねる前に、村田が別の質問を投げかけていた。

「夢の中の詠美さんは、この湖を目指してたん？　その、『あの子ら』ゆうんを護るために」

村田の質問を、詠美はかぶりを振って否定する。

「違うわ。あそこ」

そう言って詠美が指さした先には、まるでお椀を逆さにしたようなこんもりとした山があった。紅葉で鮮やかな彩りに染まる山は、ここから見るとまるで小さな島のように見える。久美浜を挟んで対岸にある山。

その名は甲山(かぶとやま)という。

⛩⛩⛩

　一説には、甲山は神山（こうやま）が訛（なま）ったものだという。その証拠のように、山中には太古の祭祀遺跡が存在している。

　一方で八月には山の中腹に大文字が灯され、麓にはキャンプ場があったりと地元の人々に親しまれている山である。

　四人はとりあえず、食事をとりながら今後の作戦ついて話し合うことになった。

　幸い甲山の麓によさそうなレストランがあったので、四人はそちらに向かった。

「詠美さんの夢には、どんな意味があるんやろか」

　食事を食べ終えて人心地ついていると、食後の紅茶を飲みながら村田がぼんやりと呟いた。

　どうやら食事中も、ずっとそのことについて考えていたようだ。

　夢の中で詠美は、何かを求めてこの山を登っていたという。それも子供の姿で。

「詠美さんが忘れているだけで、実はここに来たことがあるという可能性もありますけど……私はそうではないと思います」

　れんげは言った。

「実際の記憶だとすると、子供が一人で夜道を出歩いているというのは妙です。それに、詠美さんが夢の中の景色だと気づいた時、車は国道を走っていました。それほど新しい道には見えなかったし、三十年前の時点で舗装されてないというのはおかしいと思うんです」

助手席に座っていたれんげは、何気なくナビを見ていたところだったのでよく覚えていた。

「たしかにそうでした」

実際にハンドルを握っていた虎太郎が、れんげの証言を補強してくれた。

「これは仮説ですけど、詠美さんの見た夢というのは別の誰かの記憶なのではないでしょうか？」

「別の……？」

詠美が首を傾げている。

「多分――詠美さんが生まれるよりずっと前に、子供だった誰かの記憶ではないかと思うんです。突拍子もない話かもしれませんが、だとすれば現状と建物や道が違っているということに説明がつきます」

以前のれんげなら、こんな仮説には耳も貸さなかっただろうだろう。

夢は夢で、寝ている間に自分の脳みそが見せる幻だ。そう断じたに違いない。

けれどれんげは、すでに経験してしまっている。

神の過去を視るという異常事態を。もっとも、それは無理やり視せられたという表現が正しい状況ではあったが。

なのですぐに、詠美の夢は別の誰かの記憶なのではないかという発想を受け入れられた。

「そしてその別の誰かというのは多分……」

れんげが言葉を濁すと、詠美はすぐに答えを察したようだった。

「私の祖母、でしょうか？」

状況から考えると、詠美の夢は亡くなった詠美の祖母の記憶なのではないかと思われる。

詠美は言った。夢を見るようになったのは、あんこが姿を消してからだと。

それは同時に、彼女の祖母が亡くなった直後からということになる。

あんことよく似た猫を飼っていたという詠美の祖母。

その祖母は熊野と呼ばれていた久美浜周辺の出だという。それならば、この辺りを歩いたことがあっても不思議はない。詠美の祖母が幼少の頃ならば、地方ではまだ舗装されている道の方が珍しかっただろう。

詠美はれんげの言葉を聴きながら考え込んでいた。

「不思議な話〜」

そう言いつつも、村田はわくわくしているのが隠しきれていない。

「とにかく、あの山に登ってみて詠美さんの夢の通りか確かめてみましょう」

ここまで来て、登らないという選択肢はなかった。何か起こるかもしれないし、何も起こらないかもしれない。

我ながらいつも通りの行き当たりばったりだと思いつつ、れんげは席を立った。

⛩ ⛩ ⛩

カヨは手に、小さな小刀を持っていた。

その顔は涙で濡れていた。明日には、遠方に嫁ぐため故郷を離れる娘。出会った時は年端も行かぬ子どもだったものが、彼女はとても美しく成長した。

だが彼女が泣いている理由は、嫁ぐ喜びの涙ではなかった。

離れたくないと、娘は私の体を抱いた。その涙の粒が黒い毛皮の上を滑って落ちていく。彼女の願いを受けて猫となったアタシは、既に役目を終えようとしてた。

娘の両親がなくなり、蚕を育てる者はもういない。娘の願いによって生きながらえてきたが、彼女が嫁に行きこの地を離れれば、それももう終わりとなる。

私は泣き濡れる彼女を見上げた。美しくなった娘。あの日一人ぼっちで蚕を護ろう必死だった少女は、もうすっかり大人だ。

アタシは蚕を護り、この娘を護った。ただつまらぬ石くれのアタシには、なんともすぎた日々だった。

まもなく仮初の器は消え、アタシは石へと戻る。

『きちんと返しておくれよ』

そう言ったつもりだが、消えかけた声はにゃあんと猫の泣き声になった。鼠を追うのに便利なこの体も、こうして言葉を伝えれぬことは疎ましく思う。

いよいよ息も絶え絶えでわずかな力も失われようとした時、娘は小刀でもって己の髪を切った。黒く艶やかな美しい髪。夫君はその髪を見染めたのだと近所の者は噂していたのに。

そして娘は泣きながら小刀で指の腹を切り、ぽたぽたと血を零れさせた。

何をやっているの。そう尋ねたかったけれど、アタシの声は彼女には届かない。きっと言葉が喋れたところで、それは同じだっただろう。

泣き濡れた娘の目には、覚悟を秘めた硬質な光があった。

何をするつもりかはわからない。分からないけれど、その目の危うさだけは、嫌というほどに感じ取ることができた。

そして娘が何事か呟くと、その髪はまるでそれ自体が生きているかのように動き始め、アタシの本体である石に絡みついた。

苦しかった。悲しかった。

アタシはこのまま、静かに役目を終えるはずだったのに……。

彼女は最後まで、泣いていた。一人にしないでと言って、許しを請うように私の体を撫でていた。

ぺたりと何か、お札を張られる。

そしてアタシは、もう蚕を護る者でも神の使いでもない者になってしまった。

⛩ ⛩ ⛩

案の定、れんげはすぐに己の判断を呪うことになった。

なぜかと言うと――。

「つ、つらい」

息を乱しながら、延々と階段を登っていく。

最初はよかった。甲山に登る登山道の入り口はコンクリートで白く舗装されていて、とても歩きやすかったからだ。

けれどゆるく蛇行する白い坂道は、まるで蛇のように長く伸びていた。青々とした熊笹と、紅葉した木々。

山道が往々にしてそうであるように、道はカーブを繰り返しなかなか先まで見通すことができない。

いつ終わるとも分からない道を歩くというのは、精神力を使うものだ。ハイキングくらいの気持ちで碌な準備もなく登り始めたのならなおさら。

「詠美さんが夢の中で登ったたんはこの道？」

まだまだ余裕がありそうな声で、村田が尋ねる。

少し考えた後、詠美はかぶりを振った。

「分からへんわ。こない綺麗な道やなかったと思うんやけど」

おそらく近年になって整備された道なのだろう。詠美が夢で見た景色とは合致しないという。

この道を登るという判断は、本当に正しかったのだろうか。

れんげの胸にもやもやと不安が湧き起こってくる。

『れんげ様！　れんげ様！　この先は階段になっておりますぞ』

先行していたクロが、引き返してきて嬉しそうに叫んだ。まるで散歩を喜ぶ犬のように、クロはこの行軍が楽しくて仕方ないようだ。

もうクロに山頂を見てきてもらえばいいのではないかという考えすら浮かんできた。

朝早くに出発して移動続きだったので、自分でも意識しない間に疲れがたまりつつあるらしい。

ならば運転してきた虎太郎が一番消耗しているはず。そう思ってちらりと視線をやれば、不満を言うでもなく黙々と歩いている。

金色姫に遭った直後の違和感は、もうだいぶ薄れたのだろうか。

先ほど食事の際も、虎太郎は人見知りなので口数少なではあったが、話しかけられればいつもの困ったような笑顔で対応していた。

やはり、れんげが虎太郎に感じていた違和感は気のせいだったのだろうか。

元彼に裏切られた過去があるだけに、小さな違和感でも見逃してはいけないというのは身にしみてわかっている。

だが同時に、虎太郎から先ほどから見せる明らかに不審な態度について、言及しないでほしいという無言の圧力のようなものを感じるのだ。

もしかしたらそれは、れんげの勝手な思い込みなのかもしれない。本当に何も問題などなくて、ただ金色姫の登場に驚いて、口数が少なくなっていただけなのかもしれない。

それは十分に考えうることで、それだけにれんげは頭を悩ませていた。

虎太郎が何か困っているのなら、助けになりたいと思う。自分にできることならば、喜んで手を貸す。

けれど同時に、余計な手を出して煙たがられたくもない。正直なところ、それが一番怖いのだ。

もちろん、冷静に考えれば虎太郎はそんなことはしないだろう。心配しているれんげの気持ちを察してくれるはずだ。

だから、こんな風に考えるのはれんげが臆病だからなのだ。

れんげは一度、結婚を考えていた恋人に手ひどく裏切られた。一度裏切りを知ってしまうと、他の人はそんなことしないと分かっていても、弱くなるのだ。どうしても自分を過剰に護ろうとしてしまう。

自分がクロに執着するのは、そのせいかもしれないとすら思う。

相手は人間ではないから、れんげ様れんげ様と懐いてくれるクロに、心が救われているのだ。

れんげ自身、自分がこんなに傷ついていたなんて思わなかった。こんな形で引きずるような性格ではないと思っていたからだ。

京都にやってきた元彼の理と別れた時に、吹っ切れたと思っていた。

けれど明らかに、以前よりも他人の機微に敏感な自分がいる。以前のれんげは仕事にばかり熱心で恋愛に鈍感だったから、それは悪い変化ではないのだろう。

ただ、好きな人を心の底から信じられない自分が悲しい。人を心から信じられる人こそ、心が強い人なのだろう。

黙って長い階段を登っていると、そんな面白くもないことばかり考えてしまう。

山頂へ続く階段はとても長く、カーブを曲がるごとに目に入る新たな階段に、憤りさえ覚える。

時折、木々の隙間に麓の景色が見えた。

「ええ景色〜」

「ほんまやね。頂上が楽しみ」

黙々と登っていた四人の間にも、くつろいだ空気が流れる。大きく息を吸うと、気持ちが切り替わった。

足を進めると、道はさらに細い砂利の坂道になった。斜面にはシダが生い茂っている。

「やっぱりこの道です」

階段がなくなったことで、ようやく詠美の夢の景色と合致したらしい。先ほど木々の間から垣間見えた久美浜湾の景色も、詠美の自信を裏打ちしたようだ。

とりあえず徒労にならなくてよかったと思いつつ、れんげたちはさらに歩を進めた。

先ほどの公園では海風に吹かれて肌寒く感じたものが、山登りのおかげで体はうっすらと汗ばんでいる。

どれほど登ったのか、道は再び階段になった。途中、石段になったり横木の階段になったりした。

そしてようやく、山頂にまで辿り着いたのだった。普段運動などしない人間にとっては、思ったよりも険しい道のりだった。

年齢の差なのか、村田などはケロリとしている。なにせ到着した途端、斜面から張り出すように設置されたウッドデッキに駆けて行ってしまったのだ。

れんげはとてもそれを追う気にはなれず、ゆっくりと後に続いた。

山頂からの眺めは、絶景の一言に尽きた。ここからならば、久美浜湾と海を隔てる砂州まで見通すことができた。

「そうだ！　帰りに牡蠣(かき)食べましょ。ちょうど季節やし」

そう言って、村田が指さしたのは湖面にぽつぽつと浮かぶ牡蠣の養殖筏(いかだ)だった。れんげは知らなかったのだが、この地で養殖された牡蠣は久美浜牡蠣として有名なのだそうだ。

登ってきた時の緊張感はなんだったのかと思えるほど、牧歌的な会話である。

さらに向こうに広がるのは日本海だ。天気がいいおかげで、遠方までくっきりと見通すことができた。

京都に海があるというイメージを持っていなかったので、ここが京都だというのが信じられないくらいだ。

それにしても、海と久美浜湾の間に一本伸びた砂州という光景は、なんとも不思議に思えた。これこそが小天橋と呼ばれる所以だろう。

「綺麗ですね」

虎太郎の言葉に、れんげは頷いた。

こうしていると、ただ旅行に来たような気持ちになる。そして、本当にただの旅行ならよかったのにと思う。

「みなさん……」

その時、背後かられんげたちを呼ぶ声がした。声の主は詠美だ。

彼女は見晴らし台に来ていなかった。振り返ると、登ってきた階段脇の、簡素な祠近くで所在なさげに立っていた。

その姿を見ると、申し訳なさが湧いてくる。彼女は真剣に猫探しをしているのに――と、旅行気分ではしゃいでしまったことを恥じた。

「すいません。今あんこちゃん探しを……」

れんげがそこまで言いかけたところで、詠美はそうではないとかぶりを振った。

どうやら詠美が声をかけてきたのは、こちらを咎めるためではなかったらしい。

どうしたのか問い返そうとして、れんげはすぐに言葉をなくした。

そして、詠美は動かないのではなく、動けないのだと気が付いた。

なぜならその足元には、両足を拘束するように黒い蛇が絡みついていたからだ。

蛇は一匹ではないように見えた。その姿は黒い靄に包まれているのではっきりとしたことは言えないが、複数の蛇が詠美の足元で蠢（うごめ）いているように見える。

「詠美さんどうしはったん？」

危機感の欠片もない声音でそう言うと、村田が詠美の方へ歩み寄ろうとした。

「待って！」

れんげは思わず叫んだ。

おそらく、村田にはあの蛇が見えていないのだ。

れんげの声に驚き、村田はびくりと体を震わせ動きを止めた。

傍らでクロが唸っている。

あれはいいものではない。れんげは直感的にそう思った。虎太郎もそう感じたのか、彼はそっとれんげを庇うように前に出た。

『カエセ』

『カエサヌ』

『オイテユケ』

『オソレヨ』

まるで水面に広がる波紋のように、黒い蛇の発する言葉が次々と混じり合う。

その声のおどろおどろしさに、れんげはぞっとした。目を凝らすと、蛇は一匹なのだが、頭は八つあることが分かった。いくられんげが神話に疎いと言っても、八つの頭を持つ蛇の話は知っている。

須佐之男命（スサノオノミコト）によって退治された生贄を求める蛇の怪物——八岐大蛇（ヤマタノオロチ）。

古事記によればその目は鬼灯のように赤く、頭は八つ。尾もまた八つ。その体には日影蔓（ひかげかずら）と檜（ひのき）、杉が茂り、長さは谷を八つ、峯を八つ渡るほど。そしてその腹は、いつも血が滴り爛（ただ）れているという。

だが、目の前の蛇の体は小さく、その頭の一つ一つはアオダイショウほどしかない。それでも八つの頭で詠美の足を雁字搦めにしているので、これでは動きたくても動けないだろうとすぐに分かった。

先ほどの旅行気分から一転して、あまりの事態に眩暈がする。目の前の光景がれんげの見間違いであればどれほどいいだろうか。

だが、八つ頭の蛇は不穏な言動を続ける。実際に詠美の動きが封じられているのだから、放っておくことなどできようはずもない。

「あなたは何者なの」

れんげは蛇に問うた。

あの蛇はこちらにも分かる言葉で喋った。つまり、意思疎通の可能な相手ということだ。

いや、そうでも思わないとやっていられない。

『ワスレタ』

『ワスレルナ』

八つの頭がそれぞれに話すので、全く意味が分からない。そもそも自分で忘れたと言いながら忘れるなとは、随分な言いようではないか。

そんな問答にクロが焦れて、詠美に駆け寄り足元の蛇たちにガウガウと吠える。

下手に手出しをするのは危険なように思われたが、れんげが止める暇もなかった。

そして次の瞬間、蛇の頭の内の一つが目にもとまらぬ素早さでクロの体に飛びつく。

クロは甲高い声で鳴き、蛇の絡みつく体を地面に擦り付け、どうにか蛇を引き剥がそうとしていた。

「クロ！」

れんげは叫ぶと、虎太郎の背後から飛び出し暴れるクロに駆け寄った。そして今にもクロの体に噛みつこうとしている蛇の頭を、両手で握りしめた。

必死だった。

頭は真っ白で、クロが噛まれたら大変だということしか考えられなかった。

「れんげさん！」

虎太郎の悲鳴じみた声が背後に聞こえた。

れんげの手から逃れようと身をよじっていた蛇が、その鋭い牙をれんげの手に突き立てた。

「いたっ」

『れんげ様！』

そう叫ぶと、クロはもう我慢ならないとばかりに蛇の頭に噛みついた。その口からは炎が漏れている。

べちんべちんと暴れていた蛇はやがて、力を失い動かなくなった。

れんげは痛みに耐えかねてその場に座り込み、そこに虎太郎が駆け寄る。

「れんげさん、手を！」

そう言うや否や、虎太郎はれんげの手を取った。蛇が噛んだ部分は腫れあがり、その色は黒ずんでいた。

「ちょっと我慢してください」

虎太郎は躊躇（ちゅうちょ）なくその傷口に口をつけた。そしてどこで覚えたのか、れんげの傷口から毒を吸い出し、ぺっと地面に吐き出す。

これにはれんげも驚いてしまい、一瞬痛みすら忘れてしまったほどだ。手に口づけられることに羞恥を覚えたが、すぐにそんなことは言っていられなくなった。

なぜなら蛇の頭の一つを倒したクロに、他の頭たちが今にも襲いかかろうとしていたからだ。

「やめて！」

れんげは思わず叫んだ。

だがクロを助けようにも、さすがに同時に襲いかかる複数の蛇頭を同時に捕まえることなどできない。クロは炎を吐こうとしたようだが、蛇のいる方向とには詠美がいる。クロは詠美も巻き添えにしてしまうと考え、躊躇したようだった。

クロを見ることができない詠美が炎に触れたとして、被害が出るのかは分からない。だがクロが躊躇したところを見るに、全くの無関係というわけにはいかないのだろう。

そして七つの頭が、クロの体に噛みついた。

すると途端に、クロの体が地面に横倒しになる。口からは荒い息が漏れていた。

衝撃のあまり、れんげの口からは声にならない悲鳴が溢れた。どっと血の気が引いて、息の仕方すら分からなくなるほどだ。

「クロ！」

何も考えられなくなり、れんげは虎太郎の手を振り払って狐に駆け寄った。

蛇たちはなぜか、近づいてきたれんげに危害を加えようとはしなかった。それどころか、力を失ったようにぼたぼたとクロの体から落ちてゆく。

れんげはクロの体を抱えた。重さのない、けれど温かい不思議な体。

まさかこんなことになるなんて、考えもしなかった。

「クロ、嘘でしょ。起きてよっ」

れんげは嗚咽を漏らした。虎太郎も力なく近づいてくる。

「そんな……」

「すぐに病院に」

そこまで言ったところで、行先は獣医ではだめだということに気が付いた。おそらくクロを視ることすらできないはずだ。

冷静になれとれんげは自分に言い聞かせた。どうにかできるとするなら、心当たりがあるのは伏見稲荷神社の狐たちくらいだ。

れんげはすぐさまクロを抱えて立ち上がり、車に戻ろうとした。

だがそこに、村田でも詠美でもない、第三者の声が響いた。

『不要じゃ』

その声は、れんげにとって聞き覚えのあるものだった。

「木島様……？」

れんげと虎太郎は、その姿を探した。羽と触角を持つ小さな神を。だが見たところ、どこにもいない。それどころか、この場からは村田も詠美も消え去っていた。

『ここじゃここじゃ』

その声は、遠くから聞こえた。

『そこな狐もふざけてないで、はよぅ起きんか。お前は噛まれてなどおらぬぞ』

呆れたようなその言葉に、れんげは腕の中のクロに目を落とした。

喘いでいたはずの狐は、ぱちくりと目を瞬かせている。れんげと目が合うと、極まりが悪そうな顔をした。

『あれ、痛くないです』

これには、れんげも虎太郎も呆気に取られてしまった。

七つの蛇頭に噛まれて瀕死の状態かと思われたクロが、元気に起き上がったのだからそれも仕方ない。れんげの腕から離れたクロは、クンクンと検分するように己の体のにおいをかいでいる。

「この馬鹿っ」

れんげは思わず叱りつける。

安堵で、涙が溢れた。

クロがどうにかなってしまうのではないかと、本気で心配していたせいだ。

「心配させるんじゃないわよ！」

子供のようにえんえん泣くれんげに、クロの方がたじろいでおろおろしている。なんとか泣き止ませようと鼻先を擦りつけてくるが、一度出てしまった涙はなかなか止まらない。

村田と詠美が消えたことも、悪い方に作用していた。二人の目がないことで、感情が抑制できなくなってしまったのだ。

虎太郎も心配そうにハンカチを差し出してくる。

その顔を見た途端、大人げなく泣きじゃくっている現状が恥ずかしくて堪らなくなった。

差し出されたハンカチで涙を拭きつつ、なんとか気持ちを立て直す。

『やれやれ。お前たちは相変わらず騒がしいのう』

呆れたような木島神の言葉にカチンときて、言い返してやろうとその姿を探す。

そしてようやく木島神の姿を認めたれんげは、我が目を疑った。

先ほどのウッドデッキの向こう、雄大な景色の手前に、半透明に透けた木島神の姿があった。

その姿は余りにも巨大だ。大きさは、奈良の大仏かと思うほどである。

そして、その頭からは触角が消えていた。背中からはみ出していた羽も見えない。

記憶にある木島神とのあまりの乖離に、れんげも虎太郎も唖然と上を見上げていた。

二人の驚きに満足したのか、木島神は少し満足げな顔をした。

そしてその目をすっと細めたかと思うと、地面で伸びている蛇に言った。

『熊神籬よ。伸びてないで己が姿を思い出せ』

すると蛇は、まるで自らの役目を思い出したかのようにうねうねと地面に潜った。

するとなんだか、地面から突然神聖な空気が溢れた気がした。

目で視ることはできないが、その場の空気が変わったのがはっきりと分かった。

「さっきの蛇はなんだったの？」

れんげは木島神に問いかけた。

その問いに少し考えた後、木島神は言った。

『神籬とは、神を迎え入れる依代を言う』

現代では、地鎮祭で見るような御神木や榊などの常緑樹に麻と紙垂を取りつけたものを祭壇において神籬と言うが、古代では樹木の周囲を青柴垣と呼ばれる、青々とした灌木で作った垣根で囲み、神の降臨を願った。

つまり、一定の広さを持つ土地そのものを神籬と呼んだのである。

『あの蛇はこの甲山そのもの。この地は神の降臨を願う、聖なる地であったのだ』

木島神は重々しい口調で言った。

『だが、今では信仰も衰え、熊神籬という名を覚えている者も、神の名を覚えている者もおらぬ。ゆえにあのような忌まわしい姿となり果てたのじゃ』

蛇たちの境遇を、己のそれに重ね合わせているのか、木島神はひどく悲しげだった。

「思い出したのね……」

れんげは思わず言った。

木島神は金色姫に出会って繭になるまで、己のことを何も覚えていなかった。自分の境遇も何もかも分からず、小さな体で恐れ震えていた。

しかし現在の木島神には、すべてを理解する超然とした空気があった。

「でも、どうしてそれが襲いかかってくるの？」

れんげの問いは当然のものであった。黒い蛇が誰彼構わず襲いかかっていたら、すぐに大騒ぎになるだろう。

あれが見えるれんげたちだから襲いかかってきたのかもしれないが、熊神籬の一番の狙いは詠美にあったように見えた。

それに何より、蛇たちは詠美に何かを返すよう要求していた。

「熊神籬とは、なんなのですか？」

れんげが考え込んでいる間に、虎太郎が話を進めていた。

『熊神籬とは、天日槍（アメノヒボコ）が但馬（たじま）の地に納めし宝の一つ』

また知らない名が出てきたと、れんげは憮然とした。だが虎太郎は思い当たることがあったようで、はっとした顔になった。

「天日槍と言うと、田道間守の祖先ですね」

またも新たな登場人物が出てきた。れんげは混乱するばかりである。

「待って。そのあめのなんとかさんも、たじまなんとかさんも有名な人なの？　全然知らないんだけど」

思ったままにそう言うと、虎太郎は苦笑しながら言った。

「俺も全然詳しいわけやないですよ。ただ、田道間守ゆう人は和菓子の神様として祀られている人なので、それで知っていたというだけで」

「和菓子の神様？」

「はい。垂仁天皇は田道間守に命じて、常世の国から非時香実を持ってくるように命じました。今で言う果物の橘です。田道間守は無事帰還して任務を果たしたのですが、彼が旅立っている間に垂仁天皇は亡くなってしまったんです。田道間守は泣いて垂仁天皇のお墓の近くで亡くなったと言われています。その橘の実が日本の菓子の始まりということで、田道間守が和菓子の神様として祀られるようになったんです」

和菓子のこととなると、普段は無口な虎太郎の口も滑らかになる。

「久美浜の北東に夕日ヶ浦という浜辺が別名常世の浜と呼ばれていて、田道間守が橘を持ち帰った場所だと言われています」

　さすが地元というだけあって詳しい。

　だが残念ながら、話はそのせいでかなりずれてしまっているようだ。

「それで、あめのなんとかさんは？」

「あ、ええと天日槍さんは田道間守のご先祖様なんです。確か新羅の王子様だったとか――」

　それ以上のことは知らないのか、虎太郎は救いを求めるように木島神を見つめた。

『そうだ。天日槍は海の向こうよりやってきた。なんと惚れた女の尻を追ってな。笑わせる。だが今は、そんなことどうでもいい。天日槍は王族だけあって宝を携えていた。羽太玉、足高玉、鵜鹿鹿の赤石玉、出石小刀、出石桙、日鏡、そして熊神籬からなる七つの宝だ。そのうちの一つ。熊神籬がこの地に眠っておる』

れんげたちの目が、先ほど詠美が立っていた場所の近くにある祠に吸い寄せられた。

　小さかったはずの祠が、立派な社殿へと様変わりしている。

　こんなことが、現実に起こるはずがない。先ほど蛇が土に還った影響だろうか。

『時が経ち、この地に神を祀っていた者たちは東へと居を移した。やがてこの地の神は、蚕を護る神となった。お前たちが探していた猫もその分霊。蚕を護るための神。だが、その存在は既に歪んでしまっておる。蚕神はこの社の配下。だがそれを迎え入れた人間が、元には戻れぬ呪いをかけたのだ。ゆえにこの地を護る熊神籬が怒り、あのように忌まわしい姿で襲いかかってきたのじゃ』

元には戻れぬ呪い。おそらくそれをかけたのは、詠美の祖母だろう。詠美が持っていた箱には、猫神を封じ込めるお札が入っていた。

そしてあの、忌まわしい感じのした毛の束。あれは、人の髪の毛だ。

れんげの肌が粟立った。

愛しているのに、どうして縛り付けるような真似をするのか。傍にいてもらえれば相手の気持ちはどうでもいいのか。

人の愛情というものが恐ろしく感じられて、れんげは思わず己の体を抱きしめた。

「れんげさん」

そんなれんげを、傍らから虎太郎が支える。

「待ってください。熊野神社の元になったのがその神様を祀る神籬だというのなら、一体誰を祀る神籬なんですか？」

熊神籬は天日槍の持ち物だった。ならば彼が信仰する神を祀るための祭壇であったはずだ。天日槍は異国の人だった。ならばその神も異国の神であったはず。西の地から海を越えてやってきた神。

そして祭壇があるからには、当然祭壇に祀るためのご神体——神がいるのが普通である。太古に渡来した秦氏が、新たな信仰を日本にもたらしたのと同じように。

突然だが、丹波(たにわ)の丹は丹色、つまり赤を意味する言葉だ。そして太古の米は赤かった。渡来人の技術によって豊かに米が実った様は、風に吹かれまるで赤い波が地を渡るかの如くだったことだろう。

それが丹波の語源。地面を埋め尽くす赤い波。それは豊穣(ほうじょう)の証だった。

秦氏もまた、豊穣を祈り神を祀った。そうして深草の地に招いたのは稲成(いねな)り――そう稲荷だ。

れんげはちらりと、傍らにいる狐を見上げた。

この話を最初に持ってきた阿古町は、木島社で自分を古くは愛法の神だと言った。

まだ彼女が命婦の位を与えられる前のこと。

稲荷が秦氏の神であるならば、彼女もまた元は異国の神であると言えるだろう。

そしてその彼女がれんげに託したのは、己の名を忘れた小さな神であった。

あたかも今、目の前でれんげたちを見下ろしている神の名は――。

『それは……』

木島神が答えようとしたところで、突然世界が揺れた。

地震かと思ったが。そうではない。足元が揺れているわけではない。だが確かに、視界がぶれているのだ。

かった。

『もう時間か』

木島神は事も無げに言った。れんげには、その言葉の意味を理解することができな

『いいか。神に借りた物は、いずれ返さねばならぬ。それは人と神との約束。どれだけ時が経とうとも変わらぬ。あの娘に伝えよ。その約束が果たされれば、ようやく、あんこは仕事を終えることができるのだ』

その言葉を最後に、れんげの意識は遠のいた。

⛩ ⛩ ⛩

カヨの娘が、子供を産んだ。

出会った頃のカヨにそっくりの、かわいい女の子。

元は石くれのアタシにとって、人間の生きる時間などあっという間だ。出会った時は小さな子供だったカヨも、もうしわしわになってしまった。

お山を離れて、アタシはぼんやりとすることが増えた。

あの方の許を遠く離れてしまったからだ。

アタシの本体は、カヨに縛られている。子孫代々離れられないようにと呪いをかけ

られている。

きっと旅の行者が余計な入れ知恵をしたのだ。どうして封じられる前に逃げなかったのかと、悔やむ時もある。

だがそれは縛り付けられたことが憎いからではない。カヨの手を呪いによって穢してしまったこと。ただ蚕の無事を願っていた娘が変質してしまったこと。

アタシにはそれが悲しく、どうしようもなく寂しいことだった。

そしてカヨは、アタシを置いて冥府へと旅立った。呪いに手を染めた娘が、無事浄土へ行けるかは分からない。

どうか心安らかであってほしいけれど、これればかりはどうしようもないことなのだ。

呪いは穢れた呪法。人を幸せにする法ではないのだ。

そして何より厄介なのは、術者が死のうとその呪いはこの世に残り続けるということである。

むしろ術者を失うことで、より強く歪になることがあるのだと、アタシは我が身を持って知ることになる。

ああこのままでは、ここにはおれぬ。

アタシを慕う子供、小さな頃からそのもみじの手で毛皮を撫でてくれた。

皮肉なことに、カヨにそっくりな孫娘。

ねじれた術法はアタシの中で荒れ狂い、いつ自我を奪ってあの子に襲いかかるか分からない。アタシでは、もうそれを抑えられない。

逃げなければ。隠れなければ。

どうか遠くに――詠美を傷つけずに済む場所まで。

⛩ ⛩ ⛩

「れんげさん！」

耳をつんざくような大声に驚き、次の瞬間れんげは目覚めた。

村田と詠美の二人が、心配そうにこちらを見下ろしている。

「目ぇ覚ましはった！　よかったー」

村田の声が耳に入る。れんげの隣では、虎太郎が寝ぼけたような顔をしてこちらも同じように起き上がっているところだった。

「突然倒れはったから驚いたわ。それも二人いっぺんに！」

村田は興奮しているようだ。れんげが虎太郎と共に倒れたというのなら、それも無理からぬことだろう。

れんげは立ち上がると、先ほど熊野神社の社殿があった場所へと目をやった。そこには最初に見た、小さな祠があるのみだった。

れんげはその祠に近づいた。

その壁に白い看板が張り付けられており、熊野神社という名前と共に由来が書かれていた。

祠自体は、そう古いものではない。それもそのはずで、昭和二年の丹後大震災の被害により、再建されたものだという。

そして由来はと言うと、木島神の言葉とは少し違っていた。

この神社は、丹波道主命（たにはのちぬしのみこと）という人物の勧請により建てられたというのだ。

彼は崇神天皇の時代四道将軍の一人と言われた人物であり、自分の娘が時の天皇に輿入れしたことを喜び、この社を建てたという。

一体何が真実か分からないと思いつつ、その看板にはもう一つ気になることがそこには書かれていた。

それは養蚕を営み蚕の無事を願う人々が熊野神社の境内の石を持ち帰り、それをお猫様と呼んで大切にしていたという逸話だった。

「詠美さん」

れんげは、後ろでおろおろしている詠美に問いかけた。

「夢の中で、詠美さんはこの神社の石を拾って帰ったんじゃありませんか？」

詠美の祖母は、蚕に鼠の被害が及ばないよう願いこの熊野神社を詣でた。詠美が言っていたあの子たちというのは、蚕のことだったのだ。

「そうです。どうしてわからはったんですか？」

詠美が不思議そうに言う。

れんげはどう返事をしていいか分からなかった。

詠美の祖母は、おそらく蚕のためにこの熊野神社の石を持ち帰った。木島神の言葉を信じるなら、あんこはその石が具現化した姿だったのだ。

それならば、異常なほど長生きなのも納得がいく。

その存在は、確かに猫神と呼ぶのに相応しいだろう。

「その石に、心当たりはありませんでしたか？」

れんげの問いに、詠美は黙り込んだ。

「れんげさん。今はそれより病院に……」

話の流れを断ち切って、村田が口を挟んでくる。彼女はれんげと虎太郎の二人を心配してくれているのだ。

その気持ちはありがたかったが、れんげの口は止まらなかった。

「詠美さん持ってましたよね？　お守りにしていると言っていた、黒い石」

その場に気まずい沈黙が落ちた。

れんげは別に詠美を追い詰めたいわけではなかった。

ただ、詠美の夢の内容を知っているのは彼女だけなのだ。

だとすれば、詠美は夢の中に出てきた石と己のお守りが同じものであることに、気付いていたはずだ。

あんこは猫又ではなかった。この熊野神社の境内で拾われた石。分霊されたお守りだったのだ。

猫の姿となったあんこは、鼠を狩って詠美の祖母が育てる蚕が食べられることがないようにと働いたはずだ。そして詠美の祖母も、あんこを可愛がった。

だがその後、詠美の祖母は養蚕をやめてしまった。おそらくは嫁に出たのだろう。

だが彼女は、あんこの石を熊野神社に返さなかった。もしそれだけだったなら、忘れていたと考えることもできる。

でもそうではなかった。彼女は故意に、あんこを自分と、自分の孫である詠美のもとに縛り付けたのだ。

おそらくは、あの箱の力によって。

木島神の言うことが本当なら、養蚕をやめた時点で本来は石をここに返さねばならなかったのだ。

そして詠美は、その祖母は、それを怠った。

神との契約を破ってはいけない。

なぜなら約束を破られた神は、呪う。荒ぶる。

詠美が災難に遭う理由は、悪霊などではなかった。いや、荒ぶる御魂になりかけたあんここそが原因だったのだ。

れんげの経験から言えるのは、それだけだった。

詠美はしばらく黙っていたが、やがて鞄の中から小さな巾着を取り出した。猫の柄をした西陣織の可愛らしい巾着だ。

そしてその中に、以前目にしていた黒い石が入っていた。

「ここに、帰してあげてください。あんこちゃんの役目を終えさせてあげてください。もう一緒に暮らすことはできないけれど、あんこちゃんに恨まれるよりはずっといいはずです」

詠美の祖母が亡くなったことで、あの箱の由来を知る者がいなくなった。

あんこは不完全ながら軛（くびき）を脱し、詠美の元から逃げ出したのだろう。だが石は詠美が持っている。石を熊野神社に返さない限り、あんこも帰ることができない。

あんこの御魂は荒ぶり、石を返すよう求めていた。夢に出てきたあんこが威嚇してきたというのも、おそらくその状況が原因ではないか。

だが悲しいかな、その言葉は詠美に届かなかったのだ。

詠美は詠美で、突然いなくなったことを悲しみあんこを探し求めていた。悲しいすれ違いのせいで、お互いに傷つけあっていたのだ。

「あんこは……私を恨んでいると？」

その目に驚きと悲しみを湛え、詠美は言った。

れんげは自分の不器用さを呪った。本当なら詠美に事情は告げず、石を熊野神社に奉納すればいいと助言することだってできた。

けれどそうしなかったのは、知ってほしかったからだ。

「今のままだったら、そうです。あんこちゃんは猫ではなく、養蚕を見守るために神様から分けて頂いた分霊でした。詠美さんのお祖母様はそのことをご存じだったはずです。なぜなら、お猫様といって石をこの熊野神社に拾いに来たのはお祖母様だったのだから」

れんげは自分を落ち着けるために、一度息を吐いた。

「お祖母様はご実家を離れた時に、養蚕業もおやめになったのではないですか？　けれど石はそのままお守りとして持ち続け、詠美さんに伝えた。一方で、蚕を護るための神であるあんこは、この山に帰りたかった。でもできなかったのは、あの箱によって縛られていたせいです」

自分でも、うまく説明できているかは分からなかった。ただ、詠美の表情がどんどん曇っていくのだけが分かった。

愛猫に、実は恨まれていた、本当は離れたがっていたと言われたら、それは辛いだろう。それも生まれてからずっと一緒にいた猫なのだ。

いなくなっただけでも、あんなに傷つき仕事も手につかない状態でいた詠美。

その表情は、見ているだけで胸が塞がれる思いだった。

れんげはクロと言葉で会話することができるけれど、人間とペットは普通そんなことはできないのだ。

だから少しでも相手の気持ちを汲み取ろうと、よく観察したり態度で示そうとする。

実際のところ、あんこは詠美を恨んでいるばかりではなかったと思う。もし本当にそうだったら、いなくなる前から詠美を邪険に扱っていたはずだから。

でも今までの詠美の必死な様子を見れば、あんこと彼女の間には確かに愛情があったのだと分かる。

だからこそ、これ以上両者の関係がねじれてしまわないように、石を神社に返してほしいとれんげは願っていた。

れんげの言葉を咀嚼しているのか、詠美の反応は鈍いものだった。

彼女はじっと手の中の石を見つめていた。その瞳の色は存外透明で、何を考えているのか窺い知ることはできなかった。

その場がしんと静まり返る。

村田も虎太郎も、事情が分からないなりに深刻な局面だと察しているのか、口出しをしてくることはなかった。

なぜこんなことをしたのかと、れんげは詠美の祖母に問いたかった。

詠美の祖母が故郷を離れる時に石を返していれば、こんなに込み入った状況にはならなかったはずだ。

今さら言っても詮無いことではあるが、深く傷ついた詠美の様子を見ているとそう思わずにはいられなかった。

「分かりました」

詠美が静かに言った。

「それがあんこのためになるのなら……」

そう言うと、詠美は熊野神社に近づき、己の持つ石を境内に置いた。

だからといって、特別なことは何一つ起きなかった。突如空が曇って稲光がしたり、巨大な化け物が襲いかかってくるようなこともなかった。

詠美はしゃがみ込んで、お守りの石を見つめている。

れんげが詠美の背中を見つめていると、どこからかニャーンという猫の声がした。

気のせいかと思うようなかすかな声だ。

「あんこ⁉」

うつむいていた詠美が、弾かれたように顔を上げた。

れんげたちも、その鳴き声の主を探す。

声の主は、生い茂る木立の中からゆっくりと表れた。厳密に言うと、それは猫ではなかった。猫の形をした、黒い靄のように見えた。

けれどその靄は、確かに鼻の下が白かった。

詠美は靄を恐れず、問いかけた。

「あんこなの？」

その声に反応するように、猫がもう一度鳴く。今度は先ほどよりも、はっきりとした鳴き声だった。

「あんこ。かんにんな。私何も知らなくて——あんこは苦しかったんやね。ここにいることが幸せなんやね」

確認するように、詠美は言う。

その声は涙で濡れていた。

猫は飛びかかってくることもなく、静かに詠美に歩み寄った。その態度からは、怒りなど微塵も感じ取ることができなかった。

そしてその猫は——あんこは詠美の元まで辿り着くと、まるで甘えるような声をあげて詠美の体にすり寄った。

そのせいで、詠美の泣き声はより一層大きくなっていた。

「いまでもまだ、甘えてくれるの？　怒らないの？　うちもおばぁも、あんこにひどいことしたのに……っ」

言いながら、詠美は言葉を詰まらせる。

知らなかったとはいえ、愛する者を苦しめた後悔。愛が深ければ深い分だけ、その苦しみもまた深くなる。

いっそ、許さなくていいとすら思う。許さずに憎んでくれたら、ためらいもなくこの手を離せるのにと。

相手が猫であるとか、神の分霊であることなど関係がない。

ただただ愛おしく、そしてそれが悲しい。

「あんこ……今まで本当にありがとう」

詠美の声に反応したのか、猫は嬉しそうにしっぽをぴんと立てると、ぐるぐると喉を鳴らした。

いよいよ堪え切れなくなったのか、詠美が子供のように声をあげて泣きじゃくる。

村田がそんな詠美に近づき、その肩をそっと支えた。

そして猫の形をした靄は、まるで満足したかのように一声鳴いて空気に溶けて消えてしまった。
まるで初めから、そこには何もなかったかのように。

れんげのうわばみ日記　〜白杉酒造編〜

れんげが「YAMASHOいととめEAT店」で購入したのは、『笑梅飯醸』という名の梅酒であった。

というのも、同行していた村田がおいしいと絶賛していたからだ。

酒蔵は地元京丹後市にある白杉酒造。面白いのは、この白杉酒造にはある特殊なこだわりがあることだった。

「酒米を使わない？」

『笑梅飯醸』を探していたら店員に声をかけられ、流れるように白杉酒造のことについて説明されることになった。

「はい。酒造りには酒米と呼ばれる酒造りに適した品種の米を使うのが一般的なんですが、白杉酒造さんはコシヒカリやササニシキなんかの食用のお米で酒を造らはるんです」

酒米は酒造好適米とも呼ばれ、粒が大きく精米しても砕けにくい。山田錦や五百万石が有名で、その名を耳にしたことのある人も多いだろう。

日本酒は醸造の際米の表面を大いに削るのだが、食用の米だと、粒が小さいために砕けてしまうのだ。さらに、通常食べる際には旨味となるたんぱく質や脂肪分が、酒造りになると一転して雑味となってしまう。なので、雑味となる成分が少ない酒米は酒造りに向いているとされている。

「どうしても雑味が多なりますけど、それがまあ味ですわ」

そんなことを言われると、この蔵の他の酒まで飲みたくなってしまう。

だが『笑梅飯醸』を選んだのには勧められた以外にも理由があった。それは常温で持ち歩くことが可能だったからだ。

梅酒が常温保存可能だなんて普通だろうと思われるかもしれないが、この『笑梅飯醸』は他とは違い、無濾過生原酒をベースとして梅を漬けたお酒なのである。火入れしていない無濾過生原酒は、冷蔵保存が基本だ。いわゆる地元でしか飲めないお酒というやつだ。

それを梅酒という形であっても味わえるというのだから、やはり気になるというものだろう。

そしてれんげは現在、一人『笑梅飯醸』を傾けている。

なんとも散々な丹波行きであったが、このお酒のおかげで少しはいい思い出になったと思いたいところだ。

実際、初めてこのお酒を一口飲んだ時の衝撃は大きかった。

ベースの日本酒に雑味があるとか、ろ過していないだとか聞いて、どれほど尖った味なのだろうと思っていたが、実際口にしてみると驚くほどすっきりとしたお酒だったのだ。

さすが普段口にしている米をもとにした酒と言うべきか、梅と驚くほど合っている。

気付くとどんどん飲めてしまって、すぐに空になってしまいそうだ。

そして、これならば虎太郎もおいしく飲めるのではと、少し飲ませたい気持ちに駆られる。

虎太郎がれんげに和菓子を食べさせたがるのと同じように、れんげだって虎太郎と自分が好きな物を分かち合いたいという気持ちがある。だが残念なことに、虎太郎は酒そのものが苦手なのだ。無理強いすることはできない。

何より――。

れんげは酔っ払ってぼんやりとしながら、ちゃぶ台の向こう側を見る。

そこにぽっかりと空いた座布団を見て、なんとも寂しい気持ちになってしまった。

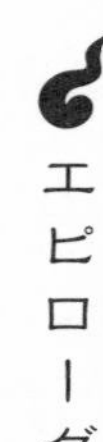

エピローグ

四人はその後、ひどく疲弊して甲山を下りた。下りだから楽などということは決してなく、続く階段に辟易(へきえき)していたせいなのか言葉もなかった。

れんげは、詠美にかける言葉が見つけられなかった。

彼女が大切なお守りの石を熊野神社に納めなければならなかったのは、問題を解決するためには必要なことだった。

だが大切な飼い猫と別れお守りまでも失った彼女に、それを強要した自分がどう声をかけていいか悩んでもいた。

ともあれ無事甲山を下りると、太陽は西に傾き始めていた。

駐車場に戻り、ようやくこれからどうしようかという話になった時。

「私と詠美さんは電車で一足先に帰りますから、お二人は久美浜でゆっくりしていらしてください」

村田が突然そう言いだしたので、れんげと虎太郎は驚いてしまった。

詠美も聞いていなかったらしく、彼女もまた驚いた顔をしていた。

「そんな、俺たちも戻りますし、送っていきますよ」

　虎太郎が申し出る。

　当たり前だ。残ったところでこれ以上はすることがないのだから。

　詠美の依頼である、あんこの行方は知れた。結局彼女の愛猫は戻ることがなかったが、今日のことで一応の決着とみていいだろう。

「いえいえ。れんげさんには無理をお願いしましたし。せっかく丹後まで来たんやからちょっとくらい観光してってください。明日は有休にしますし、レンタカーの延長料金もお支払いしますから」

　そうは言われても、宿泊の準備もないのにそんなことを言われては困ってしまう。

　そう考えているのが空気で伝わったのか、村田がいつもの自信家の笑みを見せた。

「ご心配なく！　近くの旅館を予約しましたんで、二人でのんびり骨休めでもしてきてください。もちろん費用はこちら持ちですよ」

　鉄壁の笑顔を浮かべる村田に気圧され、れんげと虎太郎は顔を見合わせた。

⛩　⛩　⛩

『ふおお、なんとも凄い眺めですなぁ』

村田の言葉通り二人を駅に送った後、れんげと虎太郎の二人は村田が指定した旅館へと向かった。

すると彼女の言葉通り、本当に部屋が予約されていたのだ。

「本当にお言葉に甘えてよかったんでしょうか」

虎太郎は不安そうな顔をしている。

それは多分、村田が予約していた部屋が予想よりもずっと立派だったからだ。案内された部屋は十二畳はあろうかという和室で、広縁の椅子に座ると目の前に久美浜湾が広がる。

「ここまできたらしょうがないわよ」

荷物を置きつつ、れんげは言った。虎太郎が遠慮する気持ちも分かるが、今からキャンセルしてもどうせ全額料金を支払う羽目になるのだ。それならば誰か泊まった方がいいに決まってる。

それにれんげは村田の無茶ぶりに慣れていたので、村田がそれで納得するならいいかという気持ちになっていた。

「それに、詠美さんも私と一緒に帰るんじゃ気詰まりするかもしれないし」

なんとなくそんな言葉が口をついた。

詠美に、お守りの石を奉納するよう言ったのはれんげだ。

あの場ではそれ以外思いつかなかったとはいえ、あの石も彼女の祖母の遺品なのだ。当然思うところはあるだろうし、そんな鬱屈を抱えたまま れんげと同じ車で帰るのは彼女にとっても苦痛だろう。

間違ったことをしたとは思わないが、詠美と別れてれんげも少しほっとしていた。

「ちょっとクロ。行儀悪いからやめて」

そんなやり取りのために少し目を離したすきに、クロは立派な座卓の上に乗ってお茶うけに鼻を突っ込んでいた。

どうやらそこに用意されていたお菓子が気になるようだ。

出会った時と同じ大きさまで戻った木島神も、同じように覗き込んでいる。

そう、突然巨大化して現れたかと思ったら、この神様は再びぬいぐるみのような姿でれんげたちの元に戻ってきたのである。

「木島様も、突然いなくなったと思ったら突然帰ってくるし」

『だって仕方なかろう。おぬしらについていかねば山城まで帰れぬではないか』

確かにそうだった。れんげに取り憑くという形を取らねば、神様が遠出するのは難しいという事情があったのをすっかり忘れていた。

お茶うけのお菓子は二つしかなかったので、一つをクロと木島様が分け合い、もう一つは虎太郎にあげようと、れんげはまだ立ったままでいる虎太郎を見た。

「ずっと運転して疲れたでしょ。座って休んだら？」

虎太郎はぼんやりと窓の外を見ているばかりで反応がない。

「虎太郎？」

問いかけるとようやく気づいたのか、慌てたようにれんげを見た。

「は、はい？」

「だから座りなって」

そういえば、虎太郎の上の空も相変わらずだ。何度聞いてもなんでもないというばかりなので、あまりうるさく言わないようにしているが。

それでも話してもらえないもどかしさのせいで、言葉が荒っぽくなってしまった。れんげは自分の態度を反省した。

虎太郎が座るまでの間に、れんげはお茶の準備をし茶菓子を一つ割ってクロたちに渡していた。

京都に来るまではお茶なんてペットボトルで飲むのがせいぜいだったのに、今ではちゃんと美味しく淹れられるようになった。

夕日に染まる久美浜湾の光景は、なんとも美しいものだ。

いつも振り回されてばかりだが、村田のこういう気遣いはなかなかできるものではないと思う。

だからといって、これ以上無理難題を持ってこられても困ってしまうが。

「七時からお夕食だそうだから、先に温泉入ろうか」

そう尋ねても、虎太郎はもそもそと一つ残ったお茶うけを口にするばかり。心ここにあらずでも甘い物を口にしているのはさすがという気がしたが。

「もう、聞いてるの？」

「え？　あ！　はい。夕食ですよね？」

「だから、夕食の前に温泉に行こうかって言ってるの」

「ああ、すいません。いいですね。行きましょう」

ため息をつきつつ、れんげは虎太郎と連れ立って温泉に向かった。

⛩⛩⛩

初めての温泉にはしゃぐクロをどうにかなだめつつ、れんげは温泉を出た。浴衣を着ることなどそうそうないので、ちゃんと着られているか不安に思いつつ女湯を後にする。

廊下に出ると、先に上がったらしい虎太郎が椅子に座って待っていた。

見慣れない浴衣姿に、落ち着かない気持ちになる。

ちゃんと乾かしていないのか、くせっ毛の髪は水を含んで重そうだ。

「ちゃんと乾かさなきゃダメじゃない」

そう言いながら近づくと、虎太郎ははっとしたように顔を上げた。また考え事をしていたらしい。

いつもはどちらかというと虎太郎の方がしっかりしているので、れんげも調子がくるってしまう。

そして虎太郎はなぜか、少し驚いたようにこちらを見ていた。

「もしかして、着方間違ってる？」

不安に思って尋ねると、虎太郎は激しくかぶりを振った。

「い、いえいえ大丈夫です！　何も間違ってなんかいませんよ」

妙な返事だと思いつつ、二人は部屋に戻った。

夕食も夕食で、豪勢なものだ。海が近いだけあって海鮮が豊富で、松葉ガニに久美浜湾で養殖された牡蠣など、滅多に食べられない料理が並ぶ。

どうやら村田はかなり奮発してくれたようだ。

「すごいですね。ほんまにごちそうになってええんやろか」

「いいのいいの。虎太郎は一人でずっと運転してくれたし、それぐらいの働きをしたってことだよ。遠慮なく頂こう」

そう言っておいしい料理に舌鼓（したつづみ）を打つ。クロは初めて見る食材や料理にはしゃぎ回るし、木島神もそれに追随していた。

様子のおかしかった虎太郎も、今は楽しそうにしている。

れんげはほっとした。いつも柔らかい笑顔でいることの多い虎太郎が、ずっと堅い顔をしていたのだ。心配にもなる。

村田や詠美に対して人見知りしているのかとも思ったが、それならば出発ずっとそうでなくてはおかしい。

確かに車の中では無口でいたが、ぼたもちについて語っている時はいつも通りだったのだ。

様子が変わってしまったのは、金刀比羅神社で「金色」に出会った時だ。

そういえば木島神の話もまだ碌に聞いていなかった。木島神は金色によって繭の中に閉じ込められてしまったわけだが、それがどうして甲山でれんげたちと再会することになったのだろう。

「そういえば木島様。どうしてまたその姿に？」

れんげが剥いた蟹の身を頬張りつつ、木島神は答えた。

『ん？　この姿の方が色々と都合がいいのじゃ。こちらの方が慣れておるしな』

白菊に揶揄われて悔しがっていた割に、小さい姿に対する忌避感はないらしい。

「金色に会えて、記憶も戻ったんですか？」

『ああ思い出したぞ。儂が何者なのかも、全部な』

木島神はそう言って黙り込んだ。

どうやら思い出したことを、れんげたちに話すつもりはないようだ。

「とりあえずは無事でよかったですよ。繭になった時はびっくりしましたから。うんともすんとも言わないし」

『心配をかけてすまんかった。金色は儂が真なる姿になる手伝いをしてくれたのじゃ。繭に入り生まれ直すことで、儂は儂が何者であるか知ることができた』

出会った時には恐怖しか感じなかった金色だが、彼女のしたことには確かに意味があったらしい。

そんな会話をしている間に食事が終わり、れんげたちはしばしくつろいだ時間を過ごした。

そんな中、虎太郎が緊張したような顔で話しかけてくる。

「少し散歩に行きませんか？」

部屋は一階なので、すぐ外に出て目の前の久美浜湾を眺めることができる。浴衣の上から上着を着て、二人は外に出ることにした。

部屋から出る時、ついて来ようとするクロと木島神に向かって、虎太郎は言った。

「申し訳ないですが、少し二人にしてもらえますか？」

木島神はともかく、常にれんげに付き従うクロにまで虎太郎がこんなことを言うのは初めてだ。

れんげは驚いてしまって、虎太郎の顔をじっと見つめた。

いつものお人好しそうな顔は鳴りを潜めて、今はどこか有無を言わせない迫力のようなものが漂っている。

『え、ええ？』

そうしてクロが動揺している間に、虎太郎はれんげの手を引いて部屋を出た。

部屋の鍵がかかっていてもクロは外に出られるはずだが、二人の後を追ってくるようなことはなかった。

庭に出ると、ひんやりとした風が頬をくすぐる。

つないだ手がやけに熱く感じられて、なんだかどきどきした。

れんげの手を引く虎太郎は、部屋を出た切りずっと黙ったままで、その背中を見ているとなんだか不安になった。

調子が戻ったかと思っていたのに、やっぱり今日の虎太郎は普段と違う気がして戸惑ってしまう。

外に出ると空気が澄んでいて、空にはたくさんの星が見えた。海の匂いが鼻孔をくすぐる。

普段はこうして改めて空を見上げることもないので、その星の多さにしばらく見入ってしまった。

どれくらいそうしていただろうか。虎太郎がおもむろに口を開く。

「れんげさん」

「なに？」

「俺、明日墓参りに行こうと思うんです。せっかく近くまで来たので」

一瞬なんのことを言われているのか分からなかった。

そう言えば、虎太郎は実家が近いと言っていたのだ。お盆もお彼岸も忙しくしていて帰省する様子がなかったのでこの機会に墓参りをするというのは理にかなっている。

だが、そうなると自分も一緒にお墓参りに行くべきだろうか。

れんげは一瞬悩んだ。

れんげと虎太郎は恋人ではあるにせよ、今のところただの同居人に過ぎない。結婚していれば躊躇なく一緒に行くと言えるが、そう言っていいものなのかと悩んでしまったのだ。

虎太郎が肉親を亡くしていることは、れんげも知っている。

その若さで家族を亡くす気持ちというのは、想像すらできない。ならばそっとしておいてもらいたいかもしれないと、れんげはそんな風に考えたのだ。

それに、れんげは虎太郎に家族になってほしいと言われている。

未だに保留中という宙ぶらりんな状況で一緒にお墓参りに行くと言っていいのか。

それは家族になることを容認する行為ではないのか。

なんでも難しく考えすぎてしまうれんげの悪い癖が、ここでも出てしまった形だ。

れんげはしばらく黙り込んで悩んだ後、ようやく口を開いた。

「私も一緒に行っていい？」

そう口にするのには、大変な勇気が必要だった。

けれど結婚云々は置いておくとしても、こんなにお世話になっている虎太郎の家族に挨拶できるなら、お礼を言う機会があるのなら、一緒に行くべきだと思ったのだ。

虎太郎は返事をしなかった。

握った掌から、急に温度が感じられなくなった気がした。

「あ、無理にとは言わないよ。一人で落ち着いてお参りしたいだろうし」

やはり言わなければよかった。れんげは後悔していた。

でも虎太郎ならば、笑顔でもちろんと言ってくれるのではないかと思ったのだ。そしてそれは思い上がりだった。

久美浜湾の穏やかな水面を見つめながら、虎太郎は呟くように言った。

「ありがとうございます。でも、一人で行くんで、れんげさんは先に電車で帰っててもらえますか？」

「そんな。いいよ、待ってるよ」

どうして虎太郎がそんなことを言うのか、れんげは分からなかった。一緒の家に帰るのに、どうして別々に帰る必要があるのかと。

「俺がよくないんです」

れんげの手を握る虎太郎の手に力が入る。

「痛っ」

痛みを感じて、れんげは思わずその手を振り払った。虎太郎の顔を見ると、彼は傷ついたような顔をしていた。

「ねえ、どうしたの？　虎太郎ずっと変だよ。やっぱり何かあったんでしょう？」

堪えきれずに尋ねると、虎太郎の目に迷いが浮かんだ。でもそれはほんの一瞬のことで、彼は何かを振り切るようにかぶりを振った。

「何も……ないです」

「そんなはずない。ねえ、相談ぐらいしてくれたっていいでしょう？　私たち、恋人なんだよね？」

一度言葉にすると、もう止まらなかった。

「まだ、なんでも話し合えるほどの仲ではないかもしれないけど、それでも二人で色々なことを乗り越えてきた。虎太郎は私のことをいっぱい助けてくれた。だから虎太郎が困ってるなら、私が力になりたいよ。それとも、私ってそんなに頼りない？　事情も話せないくらいに？」

今まで我慢していた言葉たちが、堰を切ったように零れだした。普段はらしくないと思って口にしないでいることまで、止まることなく溢れてくるのだ。

言いながら、すでにれんげは後悔していた。

年上だからこそ、虎太郎の重荷になるようなことは言いたくなかった。重い女だとは思われたくなかった。

虎太郎はしばらくうつむいて、苦しそうに何かを考え込んでいた。

風が吹いて、温泉で温まった二人の体を凍えさせる。

どうしてこんなふうになってしまったのだろう。食事をしている間は、あんなに楽しかったのに。

れんげは堪らない気持ちになった。

クロがいたらきっと、こんな冷たい空気を吹き飛ばして、二人を笑わせてくれたことだろう。

でも今この場では二人きりだ。

自分でどうにかしなければならないのだと、れんげは泣きたい気持ちで虎太郎の返事を待った。

どれくらいそうしていただろう。

ずっと静かにしていた虎太郎が、おもむろに口を開いた。

「れんげさん……」

「なに？」

そしてもう一度沈黙。

虎太郎は言いづらそうに何度も口を開いては閉じるを繰り返した。

話の内容がいいものではないと、れんげも気づいていた。そうでなければ、虎太郎がこんなつらそうな顔をするはずがない。

そしてそんな顔をさせているのが自分だと思うと、辛くて堪らなくなった。

「……別れてください、俺と」

時が止まった気がした。

頭が真っ白になって、なんの音も聞こえなくなった。

ただ虎太郎の声だけが、空っぽになった頭の中に木霊（こだま）のように響いていた。

「なん……で……」

虎太郎の目は、悲しさで溢れていた。どうして別れを切り出した方がそんな顔をするのかと、れんげは思わず笑いたくなった。

だって笑いでもしなければ、やっていられない。

十年付き合った理に同じ言葉を言われるより、辛いと感じた。それだけれんげの中で、虎太郎の存在は大きなものになっていたのだ。

本当にいつの間に、こんなにも大きくなっていたのだろう。初めはただの、ちょっと変わった大学生だとしか思っていなかったのに。

それでもれんげは、縋りつけなかった。

自分が大切だから、別れたくないと口にすることがひどくみじめに思えて、言葉を飲み込んでしまった。

一体今の自分は、どれだけひどい顔をしていることだろう。れんげは俯いて、その顔を決して見られないようにした。

「中に入りましょう。外は……冷えますから」

ずっと俯いているれんげを、虎太郎は建物の中に入るよう促した。

けれどれんげは、その腕を拒否した。そんな風に優しくされたくはなかった。別れるというのなら、中途半端な優しさはただの毒だ。

京都にやってきた時、れんげは傷だらけで手負いの獣のように誰に対しても嚙みつかずにはおれなかった。

そんなれんげを受け入れて、変えてくれたのは虎太郎だ。もう一度勇気を出して人を信じる気になったのも、虎太郎の優しさがあったからだ。

なのにその虎太郎が、今度は自分を突き放そうとしている。

ふらふらして、足元さえおぼつかない。正直なところ、それからどうやって部屋に戻ったのかはよく覚えていない。

部屋に戻ると布団が敷かれていたので、その日は布団を離して眠りについた。戻ってくると一転して無口になっていた人間二人に、クロはひどく困惑したようだ。

そして翌日、虎太郎はれんげを駅まで送った後、一人故郷へと向かった。

そのまま彼は忽然と姿を消してしまい、れんげが市内に戻った後も、二人の家に戻ってくることはなかったのだった。

◎主な参考文献
『京都を学ぶ【洛西編】―文化資源を発掘する―』京都学研究会編／ナカニシヤ出版
『秦氏とカモ氏　平安京以前の京都』中村修也／臨川書店
『西陣　織屋のおぼえ書き　京都　西陣織の系譜と世界の染織』高尾 弘／世界文化社
『仏像破壊の日本史　神仏分離と廃仏毀釈の闇』古川順弘／宝島社
『蚕業遺産×ミュージアム　―蚕都がつむいだ文化財の新たな価値と可能性―』京都府立丹後郷土資料館友の会／京都府立丹後郷土資料館
『日本の中の朝鮮文化（6）』金達寿／講談社

◎取材協力
石川つゞれ株式会社社長　河津英樹
福知山大学教授　小山元孝
和菓子イラスト監修：紫野源水
京都弁監修：カンバヤシ

あやかしに会える？
京都神社仏閣案内

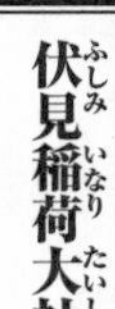

伏見稲荷大社（ふしみいなりたいしゃ）

京都府京都市伏見区
深草薮之内町68番地

一三〇〇年前の奈良時代から続く伏見稲荷大社。

主祭神は穀物の神である宇迦之御魂神（うかのみたまのかみ）で、この神の別名が稲荷神。全国に三万社あると言われる稲荷神社の総本山がこの伏見稲荷大社なのです。

またこの神社で大きな見どころが、真っ赤な鳥居がずらりと並ぶ〝千本鳥居〟。名前は千本ですが神社の中には全国各地から奉納された鳥居が一万本以上あると言われています。

また稲荷神の御使いである狐の像が至るところで見られ、狐の顔になっている白狐絵馬など、狐と縁の深い神社でもあります。

写真：写真AC

晴明神社

京都府京都市上京区
晴明町806

晴明神社は、陰陽師として知られる安倍晴明を祀る神社です。晴明が亡くなった際に一条天皇は、晴明は稲荷神の生まれ変わりであるとして、彼が住んでいた屋敷跡にこの神社を創建しました。晴明が夜空の星の動きから吉兆を占い、禊を行い一条天皇の病を回復させたり、雨乞いを行い干ばつに苦しむ人々を助けたり、という逸話が遺されていることから、この神社では「魔除け」「厄除け」をご利益としています。

また神社のすぐ近くにある一条戻橋には、晴明が十二神将の化身を隠していたという逸話も遺されています。

八坂神社

京都府京都市東山区
祇園町北側625

八坂神社は大変由緒ある神社で、平安京が京都に遷都される以前に創建されました。

元々は祇園神社という名前でしたが、明治の神仏分離令により八坂神社と改称されました。しかし現在でも人々からは祇園さんや八坂さんとも呼ばれ、親しまれており、日本三大祭りである「祇園祭」の胴元としても知られています。祇園祭では、鮮やかな山鉾を担いで街を巡るのが有名で、その様子は「動く美術館」とも例えられます。

主祭神である素戔嗚尊は神仏習合により牛頭天王と同一の神とされており、牛頭天王は疫病を鎮める神として祀られています。

上賀茂(かみがも)神社

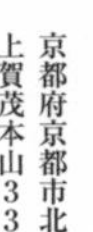
京都府京都市北区
上賀茂本山３３９

一般的には上賀茂神社と呼ばれていますが、実はこれは通称で正式名称は賀茂別雷(かもわけいかづち)神社。山城(やましろ)国を支配していた古代豪族である賀茂氏の氏神を祀る神社で、七世紀に創建された京都でもっとも古い歴史を持つ一社です。

緑にあふれる広大な敷地を持っており、一の鳥居から二の鳥居の間には競馬(くらべうま)などの神事が行われる開放的な芝生が広がっています。その広大さから戦後ＧＨＱによって境内の森にゴルフコースが建設された逸話もあります。

社殿は本殿と権殿が国宝に指定されており、また、他の多くの建造物も重要文化財に指定されています。

写真：写真AC

ゑびす神社

京都府京都市東山区
大和大路四条下ル小松町125

鎌倉時代に創建されたゑびす神社は、西宮（にしのみや）神社・大阪今宮（いまみや）神社と並んで日本三大ゑびすと称され、「えべっさん」の名で親しまれています。

主祭神は名前からもわかる通り、七福神の一人である恵比須（えびす）大神。ゑびす信仰では「商売繁盛の笹」が有名ですが、この笹は元々ゑびす神社独自の「御札」の形態が広まったもので、「葉が落ちず常に青々と繁る」という特徴から、商売繁盛の象徴となりました。

一月には初ゑびすと呼ばれる十日ゑびす大祭が、十月にはゑびす講と呼ばれる二十日ゑびす大祭が行われ、参拝者で賑わいます。

写真：写真AC

金刀比羅神社（京丹後）

京都府京丹後市
山町泉1165-2

丹後の金刀比羅神社は、一八一一年に創建された、京都では比較的新しい神社になります。当時峯山藩主であった京極家は、讃岐金毘羅権現を深く信仰しており、自身が治める峰山にも金毘羅社を勧請したいと代々思い続け、ついに悲願が叶い、峰山に社殿を建立しました。

金刀比羅神社の境内にある末社の木島神社では、狛犬ならぬ狛猫が鎮座しています。

峰山町は丹後ちりめんで栄えており、養蚕に害をなすネズミを退治する猫は大切にされていました。このことから狛猫が奉納され、日本で唯一狛猫がいる神社となっています。

写真：PIXTA

熊野(くまの)神社（京丹後）

京都府京丹後市久美浜町神崎

熊野神社とは和歌山県にある熊野三山の祭神である熊野権現の勧請を受けた神社で、日本各地に同名の神社が多数存在します。

京都の丹後にある熊野神社は、丹波道主命と丹後七姫の一人として知られる川上摩須朗女(かわかみますのいらつめ)の孫娘が皇后になったことを祝って、甲(かぶと)山の山頂に建立されたと伝えられています。これはまだ大和朝廷による日本統一以前の時代であり、大変歴史がある神社だとわかります。

山頂にあるだけあって、久美浜(くみはま)湾と日本海が一望できる景色はまさに絶景。

また、この地の旧地名「熊野郡」の由来にもなっています。

岩屋寺(いわやじ)

京都府京都市山科区
西野山桜の馬場町96

曹洞宗永平寺派のお寺である岩屋寺。このお寺は忠臣蔵(ちゅうしんぐら)で知られる赤穂浪士(あこうろうし)のリーダー・大石内蔵助(おおいしくらのすけ)が討ち入り前の時期に隠棲していたことで大変有名になっており、このことから大石寺とも呼ばれています。

本尊は大石内蔵助の念持仏だったとされる不動明王(ふどうみょうおう)で、普段は秘仏ですが赤穂浪士の討ち入りの日である十二月十四日から一月二十八日まで開帳されています。

また、内蔵助の槍や茶道具などの遺品、赤穂浪士の像を安置した木像堂や遺髪塚があり、内蔵助が手植えしたという梅も残っていて、忠臣蔵ファンは是非訪れたいお寺です。

※本書は書き下ろしです。

この物語はフィクションです。作中に同一の名称があった場合でも、
実在する人物、団体等とは一切関係ありません。

宝島社
文庫

京都伏見のあやかし甘味帖
糸を辿る迷子のお猫様
(きょうとふしみのあやかしかんみちょう　いとをたどるまいごのおねこさま)

2023年1月25日　第1刷発行

著　者　柏てん
発行人　蓮見清一
発行所　株式会社 宝島社
〒102-8388　東京都千代田区一番町25番地
電話：営業 03(3234)4621／編集 03(3239)0599
https://tkj.jp

印刷・製本　株式会社 広済堂ネクスト

ISBN 978-4-299-03836-4